我與她的遊戲戰爭
7
師走トオル
插畫◆八寶備仁
Kadokawa Fantastic Novels

BOKU TO KANOJO NO GAME SENSOU 7

目錄

USP
USP
USP
SHINOBU TENDO

鷹三津宮

就讀伊豆野宮學園演藝科的
雖然個性內向保守，但常常
與杉鹿激烈交鋒。

瀨名明雄

伊豆野宮學園的物理教師，擔任現代遊戲社的顧問。喜愛聲優與深入鑽研類遊戲，總是躲在社辦門後伺機登場。

我與她的遊戲戰爭 7

BOKU TO KANOJO NO GAME SENSOU 7
TORU SHIWASU
ILLUSTRATION HAPPOBIJIN

師走トオル
插畫◆八寶備仁

Kadokawa Fantastic Novels

1

星期日，岸嶺搭電車來到市區。
現在同時擁有閱讀與電玩兩種興趣的岸嶺不太常上街，基本上只有參加電玩大賽時例外。不過這天，岸嶺在這種日常生活中又加了一個例外。
「啊，權田原先生。」
一名二十出頭的青年，在人潮洶湧的車站前與岸嶺約好碰面。明明是星期日，他卻穿西裝打領帶，怎麼看都是一副上班族的行頭。
「嗨，岸嶺同學。真準時呢，很好。」
「好久不見了，今天請多多指教。」
「嗯。反正聽說對方那邊也正缺人手，能介紹你過去，我也能賣個人情。」
青年說著，臉上浮現穩重的笑容。
他的名字是權田原茂男，不過比起本名，他的另一個名號更具有知名度。
其名為《宵闇之魔術師（Night Magician）》。這個誇張的名號似乎是本人一本正經地想出來的，同時也是日本電玩大戰冠軍賽──通稱JGBC的大規模電玩大賽的首屆冠軍之名。

「來，走這邊。記一下路喔，明天開始你就得一個人過來了。」

「好的，我知道了。」

岸嶺不認為自己是路痴，但要是認不得路而遲到什麼的，那可一點都不好笑。他盡力讓自己記住路線。

權田原似乎也感覺到了他的努力。

「怎麼了，你在緊張嗎？」

「咦？啊，是的，因為這是我第一次打工。」

「好吧，有點緊張感總是比較好。戰戰兢兢的菜鳥犯錯大家還會原諒，大搖大擺的菜鳥犯錯可就沒人幫忙說話了。」

「喔，的確。」

很像是上班族會給的建議。

不久兩人走進林立的大樓之一，這是一棟高樓大廈，大約有十層樓高，而且可能是新蓋的，窗戶都很乾淨。

「這、這棟大樓全都是KGD股份有限公司的嗎？」

「沒有，只有四樓跟五樓是KGD的。沒有哪家遊戲廠商能包下這麼大一棟大樓啦，而且

ＫＧＤ不是遊戲發行商，是以開發為主的公司。」

「喔，也就是外包的意思嗎？」

「跟外包可能有點不一樣喔，他們公司自己就能完成一款遊戲了。我記得他們以前還自己賣過遊戲。」

「哦……」

兩人邊聊邊上樓，來到四樓的櫃檯。說是櫃檯其實也沒人，只是有個電話放在那裡而已。看起來像是內線電話，可以直接聯絡負責部門。權田原拿起話筒，用熟練的動作與上班族該有的禮貌性口吻，三言兩語就把事情談妥了。

「對了，權田原先生怎麼會認識這家公司的人呢？」

「以前一起玩遊戲的朋友在這裡上班。常有的事。」

「哦，也就是因為太喜歡電玩，所以乾脆自己來做？」

離不開遊戲，結果從玩家變成了製作者。聽起來滿合理的。

沒過多久，就有員工來到櫃檯。

「嗨，你來啦。」

此人年齡大概比權田原大一點，差不多二十歲後半吧。體格很結實，給人像是運動員的印象。

「好久不見了，柊哥。」

權田原講話跟電視演的一樣彬彬有禮。

「哦，今天倒是沒穿《宵闇之魔術師》那一套啊。」

「來人家公司拜訪，總該收斂一點嘛。而且晚點我還得假日加班。」

姓柊的男子笑了。

「哈哈哈，電玩冠軍碰到社會束縛也面目全非了啊。別管那些了，旁邊這男生是來應徵打工的？」

「是。」

「初、初次見面您好，我叫岸嶺健吾。」

儘管因為緊張而表現得有點鬼鬼祟祟，但至少有正常打招呼，讓他鬆了口氣。

「他很會玩遊戲，而且我保證他的個性就跟看起來一樣認真。還有他是念相當有名的私立學校，頭腦很好。」

「那太棒了，我姓柊，是這家公司的程式設計師，多指教嘍。」

「我、我是第一次打工，但我會努力的，請多多指教。」

「哎，說是打工，其實基本上就是打電動啦，放輕鬆。好，那放心把他交給我吧，你不是要去公司嗎？」

「是，再來就麻煩柊哥了。岸嶺同學，你也要加油喔。」

「我會的，真的很謝謝您，還介紹打工給我。」

「別在意，我這麼做又不吃虧。那麼，有緣再見。不過說不定很快就會再碰面了。」

「啊，好的，有緣再見。」

權田原跟自己都是遊戲玩家，一定還有機會碰面，例如在連線對戰時正好碰到也不奇怪。

至少這時的岸嶺，以為權田原說的話是這個意思。

◆

岸嶺跟權田原告別，與柊一起走進遊戲公司。

「你是第一次來遊戲公司吧？」

「咦？啊，是的。」

「那就好好參觀一下吧，平常沒什麼機會看到吧。」

他說得很對，其實別說遊戲公司，岸嶺連普通公司都沒進去過，只有念小學時校外教學去過工廠。

然後岸嶺學到了平常在玩的遊戲，是在何種環境下製作出來的。

（這、這就是成年人上班的公司……！）

那種景象，他在電視劇之類是有看過。

但實際現場與戲劇的氣氛截然不同，只見一群人心無旁騖地湊向電腦螢幕，敲打著鍵盤。氣氛緊繃到讓岸嶺懷疑要是有人現在敢鬼叫一聲妨礙他們工作，搞不好會被千刀萬剮。

最令他驚訝的是，今天明明是星期日，卻幾乎座無虛席。

「請問一下，遊戲公司星期日也上班嗎？」

「嗯？沒有啦，星期日耶，當然放假。只是現在製作的遊戲馬上就要進廠壓片……總之就是漸入佳境，而且還有另一款剛開始製作。哎，我想差不多再過兩個月後，大家就會都在打混，讓你懷疑這些傢伙到底是不是上班族了。」

「喔，簡單來說就像是期中考前後？」

「喔喔，很中肯。只要平常有在好好準備，之後就不用慌張，這點也跟考試一樣呢。」

柊豪邁地笑了。

「好，那麼，你已經聽說過我們要請你做的事了吧？就是替現在製作的遊戲除錯。」

「咦？除、除錯？不是試玩遊戲嗎？」

「什麼，他是這樣跟你說的啊？其實也差不多啦，不同的是：試玩是請測試員玩玩看遊戲，檢查難易度什麼的，除錯則是玩遊戲以找出 Bug。知道 Bug 是什麼嗎？」

「呃，就是程式錯誤之類的，對吧？」

「對對，玩遊戲的時候應該都用過 Bug 技吧？那種 Bug 本來是必須在開發過程中全部去除的，而我們就是要請你做檢查。別擔心，這種工作只要是遊戲玩家，誰都做得來。」

「喔……」

來都來了，也不能說走就走。岸嶺做好心理準備，決定試試看。

兩人再往裡面走，又來到另一個房間，一群開發者心無旁騖地忙著做遊戲。

「這裡是企劃設計部門，我們要請你在這裡工作。」

「原來是企劃設計部門啊。」

岸嶺知道在遊戲製作上，除了音效相關工作常採用外包方式，其他開發者可大分成三種，分別是程式設計師、美術設計師與企劃設計師。企劃設計師簡而言之，據說就是替遊戲做企劃或規格之類。

「喂，志野塚。」

「什麼事？」

柊一叫人，一名坐辦公桌工作的年輕男子轉過頭來。那人看起來相當年輕，好像跟岸嶺沒差幾歲，是個瘦高的男子。

「他就是上次跟你講過的，我朋友介紹的測試員。」

「喔喔，就是那個冠軍……」

姓志野塚的男子從桌子抽屜拿出一個東西，站到岸嶺面前。

「你好，我是企劃設計的志野塚。」

是名片，岸嶺還是第一次收到名片。

「您、您好，我叫岸嶺健吾，請多多指教。」

岸嶺回想起看電視學到的知識，恭敬地收下名片以免失禮。

「這傢伙是公司內部的除錯負責人。志野塚，再來拜託你了。那麼岸嶺同學，加油喔。」

「啊，好的，非常謝謝您。」

看來似乎又換另一個人帶自己了，對容易怕生的岸嶺而言，真是緊張不斷。

「呃——那麼岸嶺同學，總之你先過來，我們聊一下吧。」

志野塚帶岸嶺到房間的一個角落，那裡有桌子與椅子，可以簡單開個小會。

「聽說你現在高三？不用準備大考嗎？」

「啊，不用，我們學校不用考試就能直升大學。」

「直升入學啊，那太好了。那麼六日跟平日是不是可以常來？」

「呃，六日的話排多少都行。平日學校是下午五點放學，所以……六點可以到。」

「我想也是，呃——法律有規定，記得未滿十八歲……只能工作到晚上九點還是十點，對

不對？」

「我已經滿十八了……」

「啊，這樣啊？太感激了，記得只要滿十八歲就沒限制了。不過你畢竟還是高中生，九點放你回家還是比較好吧。那麼平日就六點到九點，六日從下午兩點到晚上九點左右ＯＫ嗎？」

平日還好，下午兩點到晚上九點，可是足足七小時。聽到要打七小時不習慣的工，岸嶺有點心結，擔心自己做不來。

不過，只要想到工作就是這麼一回事，就覺得不能慣壞自己。況且上學也是早上八點到下午三點的七個小時。以前上補習班的時候，晚上九點回家也是常態。

「我明白了，我想沒問題。六日從下午開始沒關係嗎？我上午也能來。」

「遊戲公司基本上都是上夜班，上午的話程式設計師幾乎都在睡覺，你來也沒事做啦。」

「這樣啊，星期日能跟平常一樣睡晚一點也不錯。不過不好意思，平日沒什麼時間可以過來。」

「沒關係，沒關係。包括六日在內，只要確定有人能定期準時工作就已經很棒了。那麼星期一就當成休假，星期二到星期五是晚上六點到九點，六日是兩點到九點。檔期大約二十天吧，時薪八百圓，晚上八點以後加兩成，交通費另外支付，這樣可以嗎？」

「可以，沒問題。」

一星期就能賺兩萬圓以上，完全夠還欠權田原的錢。

「生病的話可以請假，只要有正當理由也可以遲到，反正薪水是時薪。不過，千萬不可以不說一聲就遲到或翹班喔，會被罵得很慘。」

「我明白了。」

學生的本分是念書，但社會人的本分是工作，偷懶的話當然會挨罵。

「人家有跟你說工作內容了吧？」

「就是除錯，對吧？好像是實際玩遊戲，檢查有沒有奇怪的地方之類。」

「就是這樣。我們現在正在做一款網球遊戲，版本每天都會更新，要請你一一檢查。硬體製造商那邊是有品質管理部，那邊也會幫我們檢查，但公司外部檢查回應總是比較慢，所以才決定內部也請兩名測試員。哎，總之你先試試吧。」

岸嶺他們換了地點。好像並沒有所謂除錯專用的房間，志野塚只帶他去房間另一個角落，那裡有桌子、電視與遊戲主機。

電視顯示出像是網球遊戲的畫面。

（這就是開發中的遊戲啊。）

這可是尚未發售，一般玩家都還沒玩過的遊戲。這麼一想，就覺得心跳有點加快。

「這裡就是除錯的座位。你也看見了，座位就在我們旁邊，所以除錯的時候要記得不要太吵喔。」

換個說法就是背後隨時有人盯著，不像是能讓人放鬆心情的環境。話雖如此，岸嶺本來就是來工作而不是來玩的，這點小事必須自己習慣。

志野塚指著電視螢幕，說：

「這就是我們現在正在開發的遊戲，叫做《超級網球ADVANCE》。你懂網球的規則嗎？最近網球類的動漫滿多的，應該知道吧？」

「還好，學校上課有打過網球。」

「那太好了，如果有哪裡不懂都可以問我。啊，不過今天有另一個部分要除錯，先請你做那個好了。」

志野塚從自己的辦公桌拿了兩台掌上遊戲機過來。跟岸嶺平常玩的遊戲機一樣。

「呃……你知道什麼是家用遊戲機嗎？」

「啊，知道，就是PS3或Xbox之類的對吧？PSP或DS就是掌上型。」

「對對對。這款遊戲預定可以讓家用遊戲機與掌上遊戲機連接遊玩。遊戲當中可以創造『自創角色』，而且這種角色會越用越強。所以玩家可以在外出時使用掌機培育角色，這是一種玩法。」

「原來如此，然後鍛鍊起來的角色，就可以在家用遊戲機上使用對吧？」

這種系統最近很常聽到。也就是說無論是在家裡還是外出，隨時都能暢玩遊戲。

「對對對。當然掌機之間也可以對戰，不過這方面才剛開始製作，只實裝了部分選單畫面而已，更別提網球部分了。不過還是想請你檢查一下連線功能正不正常。你看這個。」

他指指掌上遊戲機的畫面。

「從標題畫面選擇雙人模式，一個設定成主端，另一個設定成客端……好，進入雙人模式了。」

岸嶺探頭看看志野塚手上的兩台掌機，理所當然地，兩台都顯示著同樣的對戰模式畫面。

「接著進入對戰方式等等的設定模式。」

畫面上顯示出「雙人對戰」「雙人合作」「挑戰」「退出」四個模式。很像是網球雙人遊戲會有的畫面。

「這個模式選擇畫面，當然只能從主端這邊進行操作。喏。」

志野塚操作主端的掌機，移動游標。客端畫面顯示的游標也跟著移動。相反地客端無論如何操作，游標都不會動。

「呃——該怎麼解釋好呢？現在這兩台掌機是完全共享進度的，或者可以形容成一心同體。」

「喔。也就是說兩者進度同步嗎？」

「對對對。還是有在玩電動的比較容易溝通。我希望你幫忙確保兩者之間的同步毫無落差。比方說如果主端選了『雙人對戰』模式，客端卻變成了『雙人合作』模式不就糟了？」

「的確。可是這個會出現落差嗎？看起來不太可能耶。」

「嗯，大家都是這麼想的。可是畢竟小孩子有時候會發明一些稀奇古怪的玩法，造成一些意外的 Bug 出現。」

「原來如此，也是喔，畢竟是無線通訊嘛。把兩台掌機拿遠一點搞不好就會出現 Bug。」

「就是啊，Bug 這種東西是抓不完的。不過電波或距離之類的問題還不用測試沒關係。那個一個人應該做不來。」

「喔，這樣啊。」

把兩台掌機隔開幾公尺試玩，的確不是一件容易的事。

「那就這樣了。你試試看吧。」

「好的，我明白了。」

岸嶺獨自留下來，立刻拿起了兩台掌機。

他試著按按看主端掌機的按鈕。按下十字鍵的上方向，客端的游標也會跟著往上跑；按住下方向就會往下跑。

無論操作幾次都一樣。同步十分完美。

（實在不覺得這會出現落差耶。）

兩台掌機之間以無線通訊進行連線。如果無線電波本身發生錯誤，自然會造成程式錯誤。但志野塚告訴他這次不用測試電波問題，更何況他也不知道如何才能讓電波發生錯誤。

這麼一來也只能不斷亂按掌機按鈕了，然而不管重複同樣的操作多少次，同步都沒有出問題。

（不對，等等……）

他曾經聽社團的其他成員說過。

拿格鬥遊戲的網路對戰來說好了。他們說在分秒之間展開激烈攻防的格鬥遊戲網路對戰當中，同步處理技巧的重要性不言而喻。特別是在對戰者常常相隔幾百公里都不稀奇的網路對戰當中，延遲是避免不了的問題。

只是從理論上來說，還是有解決之道。如同動畫按照每秒二十四格來運作，遊戲大多是以每秒六十格來運作。因此，只要能夠以六十分之一秒為單位——這個似乎稱為一影格——正確傳送並接收控制器輸入的資訊，似乎就能達成沒有延遲的網路對戰。

只是真要說起來，這在物理層面是辦不到的。講得極端點，之間只要相隔日本與美國這麼遠的距離，就算是光速也無法在六十分之一秒內收到資訊。因此據說如何解決這個通訊延遲的問題，已經讓遊戲程式設計師頭痛多年。

解決方法之一就是一次將幾影格，也就是六十分之幾秒的手把輸入資訊傳送給對方。如此一來，即使通訊時多少產生一點延遲，也能夠依據前後資訊進行修正。特別是一次能夠傳輸的數據量——也就是在討論手機等問題時同樣會提到的封包每一個的數據量相當不小，據說可以一次傳送不少資訊。

岸嶺不了解掌機的無線通訊原理，但基本上應該差不多。換言之，就是持續傳送控制器輸入的資訊——每個按鈕按下或放開的資訊。只要輸入資訊的傳送與接收上出現某些錯誤，同步應該就會亂掉。

（既然這樣……）

岸嶺上下連按主端掌機的十字鍵。這麼一來，主端與客端兩邊畫面上的游標當然也跟著激烈上下亂跑。他猜想像這樣連續傳送資訊，也許會讓輸入資訊產生混亂。

然而，不愧是職業程式設計師建立的系統。客端的同步完全沒有出現落差。

（這樣也不行嗎？那我就……！）

為了讓輸入資訊更加混亂，他使出另一種手段。首先他按下決定鈕以外的所有按鈕。舉凡LR、開始鈕與選擇鈕等模式選擇畫面本來用不到的按鈕，能按多少盡量按。

並且在這種狀態下，迅速亂按十字鍵的上下方向。

「啊！」

游標終於錯開了。

主端這邊選的是「雙人合作」模式，客端這邊卻選了「挑戰」模式。

他在這個狀態下按按看決定鈕。

（當機了……）

這種英文稱為 Freeze，名符其實地像是結凍般無法進行任何操作的現象，在遊玩製品版遊戲的時候偶爾也會發生，是最糟糕的狀態。這正是標準的程式錯誤。

他關掉電源，重新開機，進入雙人模式後重複相同的動作。

同樣的現象隨即發生。

「志野塚先生，同步錯開了。」

岸嶺立刻去向在背後坐辦公桌的志野塚報告，而且難掩小小的驕傲心情。

「咦？出現 Bug 了？果然找找就會有呢。」

岸嶺立刻實際示範給志野塚看。他按住所有按鈕不放，同時連按上下鍵。輕輕鬆鬆就能讓同步錯開。

「哦，這樣你也找得到，真厲害。那正好，你就用這個狀況練習寫一下錯誤報告吧。」

志野塚把一張紙交給了岸嶺。

「錯誤報告？就是報告用的表單嗎？」

「對對對。我們會請你們每次找到 Bug 時將正確的狀況寫下來。我是覺得應該改用 EXCEL 來管理，但好像是有某種傳統做法，一直都是用紙本。好，首先在這裡填上日期、時間，以及報告者的名字。」

的確可能需要這類聯絡方式，才能有效管理程式錯誤。

「呃——岸嶺健吾……寫好了。這個『等級』指的是……？」

「我們會替 Bug 粗略分類。像是畫面凍結、存檔消失等等會對遊戲進行造成嚴重影響的 Bug 是S，畫面整個亂掉或是一看就知道是 Bug 的是A，其他 Bug 是B，難以分辨是 Bug 還是遊戲特性的就是『？』。」

「我懂了。那這次是S嗎？因為會影響遊戲進行。」

「不，先空著就好，反正這個必須直接通報。我偷偷告訴你，如果動不動就報告成S的話會惹到程式設計師。但隨便把S級 Bug 分類到A級也還是會被罵。」

真是蠻橫不講理。

「呃——那麼旁邊這個『再現性』簡單來說，就是重複同樣動作時會不會發生一樣的狀況，對吧？」

「嗯，沒錯。重複同樣動作時一定會再次發生就畫○，有時候不會發生畫△，只確認到一次的就畫×。本來應該是要在除錯時錄影，把發生 Bug 的時間與錄影檔的號碼寫在旁邊，不過這次空著就可以了。然後只要在下面的『內容』欄位把 Bug 的詳細出現方式寫下來就好。」

「呃，那就……」

岸嶺用鉛筆寫下內容。

『在雙人模式的選擇畫面，按住ＬＲ、開始以及選擇等按鈕不放，激烈連按十字鍵的上下方向就會使得同步出現落差。』

「這樣就可以了嗎？」

「嗯，差不多就這樣吧？這個內容報告意外地不好寫喔。寫太長會被罵，但不把內容寫清楚也會被罵。像你這樣寫就沒問題了。那麼掌機就到此為止，接著請你實際測試家機版吧。」

終於要正式測試了。不過剛才人家已經讓他試過掌機版的除錯，現在他很清楚該怎麼做。

岸嶺坐到安裝好家用遊戲機版的螢幕前面。

「呃，直接開始沒關係嗎？需不需要看說明書……」

「說明書？噢，那個目前還沒好，你照自己的方式去試沒關係。與其隨便教一點玩法，不如讓你們用一無所知的狀態去試玩，有時候比較容易抓出 Bug。有任何在意的地方，或是哪裡有疑問就先寫下來，之後再跟我說。」

「好的。」

他立刻啟動遊戲看看。首先選擇單人模式。

就是正常的網球遊戲。鏡頭是俯瞰型的正統派視角。用左類比操作桿移動角色，一顆擊球鈕就可以打出扣殺或基本擊球等各種球。或許該說不愧是最新發售的遊戲吧，畫面很漂亮，角色的動作也很寫實。而且不只是寫實，也加進了擊球威力暫時上升或是掉落道具等電玩特有的設計。

雖說還在開發當中，但網球遊戲的規則本來就很好掌握，只要知道如何擊球就玩得起來。有些遊戲在掌握玩法之前會手忙腳亂，但這款遊戲門檻很低，玩起來挺開心的。

◆

「怎麼樣？找到什麼了嗎？」

「咦？這、這麼晚了？」

被志野塚一叫，他才發現窗外天色已經完全暗了下來。

「真厲害，看你玩得好專心。」

「不、不好意思。我好像天性只要打起電動就會玩到忘我。」

「身為製作者最高興聽到這種話了。那麼，有出現什麼 Bug 嗎？」

「咦？呃，沒看到耶……」

「嗯——那我想你一定是看漏了。在目前這個開發階段玩上幾小時都沒出現半個Bug，應該是不太可能。」

「是、是這樣喔？」

但至少在遊玩的過程中，他不記得有哪裡讓他覺得不對勁。不過他的確是玩遊戲玩到忘我，疏於除錯了。確實很有可能看漏了某些部分。

「沒關係，今天只要知道一下遊戲內容就行了。明天是週一所以你放假。那就週二再開始麻煩你嘍。」

「啊，好的。」

至少幸好人家沒給他一句「你不用再來了」。不過自己是來當測試員的，沒能找出程式錯誤可能要反省一下比較好。

◆

岸嶺搭電車踏上歸途。時間已經是晚上九點，本來應該是返家的尖峰時段，但因為是星期日所以車上並不擁擠，還有座位可以坐。

即使如此，可能是有生以來第一次上班的關係，一回到家就覺得渾身疲勞。

「哥哥？你回來了——今天怎麼這麼晚？」

妹妹真奈到門口來迎接他。可能是正準備睡覺吧，她穿著睡衣。

年僅十歲，身高比杉鹿還要矮一點點。是個很適合綁馬尾，比哥哥活潑多了的妹妹。

「嗯，我開始短期打工了。最近可能都會像今天這樣比較晚回來。」

「哦——是這樣啊。要加油喔。」

妹妹的鼓勵讓他心裡堅定許多。

岸嶺之所以開始打工，是為了還錢給權田原。但其實還有另一個理由。

岸嶺家裡的遊戲機，就只有妹妹的掌機而已。他希望能藉由這次打工多少存一點錢，打造一個能跟妹妹一起玩電動的環境。他是這麼想的。

2

「早安，志野塚先生。」

兩天後的星期二，放學後，岸嶺再次來到了打工地點。

不過這次他有先回家換上便服。因為志野塚跟他說：「穿制服的學生深夜在這裡進出，我怕會引人懷疑。」

「噢，岸嶺同學。還是一樣準時呢。身體情況怎麼樣？星期日除錯有沒有把你累到？」

「有一點累，不過昨天有放假所以沒關係。」

「嗯——年輕就是本錢呢。那就麻煩你馬上來除錯吧。」

「好的。另外請問一下——那位是？」

岸嶺客氣地指了指測試員的座位。

之前他就已經注意到，測試員的座位有兩個。而其中一個，這時已經有人在玩遊戲了。年紀看起來很大。可能比志野塚還大，差不多二十歲後半吧。是個身材發胖的男人。

「啊，對喔，還沒跟你介紹呢。他是另一位測試員，姓岩谷。喂～岩谷。」

「什麼事？」

志野塚出聲一呼喚，男人便暫停玩遊戲。一如體型，嗓音與五官都給人個性溫和的印象。

「跟你介紹一下。他是另一位測試員岸嶺同學。」

「啊，你好。我有聽別人提過你，我叫岩谷浩二。請多指教。」

「我、我叫岸嶺健吾。我也要請您多多指教。」

岸嶺急忙打招呼做回應。

「碰到雙打之類的模式時你要跟他一起測試。要好好相處喔。」

「好的。」

的確，網球最多可以四人同樂，光靠一個人不可能測試得了所有模式。

「總之就這樣了，我們一起加油吧。你來得正好，一個人除錯還滿不自在的。」

「啊，是。那就一起加油吧。」

不知該說運氣好，還是說出社會工作的人都是這樣？對方看起來人還不壞。

岸嶺也到桌子前坐下，立刻握住手把。

「我也是上星期才進來工作的，還不太熟悉環境。岸嶺同學你呢？習慣了嗎？」

「沒有，我也是星期日才進來工作的，都還很生疏。而且這還是我這輩子第一次打工。」

「是這樣啊。不過第一次打工選在這裡，我覺得是不錯的經驗喔。想去廁所隨時都可以去不用說一聲，也可以去買個咖啡沒關係。如果是服務業就不行了。」

「哦。但那也要做好自我管理才行，對吧？我上次有努力除錯，但都抓不出來……要是隨便休息被看到好像會挨罵。」

「一開始都是這樣啦，想玩出 Bug 是需要訣竅的。有了，那我告訴你一件好事。遊戲裡最容易出現 Bug 的部分是選單。因為選單設計幾乎天天都在更動，而且本來就很容易藏 Bug。」

「哦，是這樣啊？」

我們邊說邊進入角色選擇畫面。這也是選單畫面之一。

「你看，今天這個版本已經有 Bug 了。不覺得角色選擇游標的顏色怪怪的嗎？變成像斑馬一樣的奇怪黑白圖案。」

「咦，這是 Bug ？不是本來就是這種圖案嗎……？」

「沒人會設計這麼奇怪的游標，所以應該是 Bug 啦。我想這應該是ＶＲＡＭ方面的問題，讓ＣＧ變形了。就算不是 Bug，寫出來回報問題也可以賺一張錯誤報告。」

「原、原來如此……」

交出問題賺一張報告。從來都沒想到還有這招。

「不過嘛，今天這個版本的選單我已經檢查過了。難得兩個人都在，今天就把雙人模式檢查一遍吧。」

「啊，好的。說得也是。」

於是進入兩人對戰模式。

一開始先正常對戰看看。這位岩谷先生的電玩本領似乎還好，不是很強。

但是重點不在於贏得對戰。岸嶺一面故意放水，一面細心地進行遊戲。然而玩了半天，也沒看出任何程式錯誤的發生跡象。

「你們兩個，方便打擾一下嗎？」

負責監督的志野塚忽然對他們搭話。

「不要玩得太正常喔。其他工作人員看到會以為你們只是在玩。」

「喔。」「喔。」

岩谷與岸嶺除了含糊地應一聲，也不知道還能說什麼了。

他們以為正常玩也是除錯的一種方式，不過說得也是，看在第三者眼裡或許就只是在打電動而已。

「沒、沒想到除錯還挺有學問的。」

志野塚離開後，岸嶺小聲對岩谷吐了句苦水。

「嗯，就是啊。沒辦法，那就換個做法好了。正常玩法到此為止，來替球場除錯吧。」

「咦？怎麼做？」

「你看，現在發球權不是歸我嗎？發球角色能移動的範圍有限，但我只要一直不發球，岸嶺同學就可以自由移動角色。你可以利用這點，讓角色衝向球場旁邊圍欄之類的地方檢查碰撞判定。」

「檢查碰撞判定？啊，我懂了，我在某款ＲＰＧ看過類似的 Bug。例如穿過本來不能穿越的牆壁之類。」

「對對對。就是所謂的穿牆 Bug。」

「好，我試試看。用這種玩法看起來應該就不會像是在打混摸魚了。」

岩谷停止發球，岸嶺趁機移動角色。他離開球場，走到圍欄旁邊，從這個角落跑到那個角落，試著讓角色多次衝撞圍欄。

但是，沒發生什麼特別的異狀。

「……沒什麼變化呢。」

「哎，畢竟程式設計師應該也有檢查過吧。那這次換我來試試。」

「好的。」

岩谷故意發球失敗，發球權轉讓給了岸嶺。

這次換岸嶺不發球，岩谷趁機移動角色。

「聽說以這種狀況來說，穿牆 Bug 比較容易發生在多邊形的接縫。」

「喔，接縫啊。」

聽到多邊形的接縫，大致可以猜到意思。首先在3D遊戲當中，所有物體——就連輪廓渾圓的人體——聽說都是以稱作多邊形的三角形平面無數相連的方式呈現。場地上的多邊形接縫，指的應該是場地角落之類的部分吧。

看來他猜對了，岩谷反覆做出各種動作，讓角色陷進球場外圍欄之間的接縫附近位置。

「啊。」「啊。」

最後，期望引發的現象終於出現了。角色陷入了圍欄之間的接縫位置，整個卡在裡面。

角色變得動彈不得。不，正確來說還是可以做出跑步或揮拍的動作，但停在原位一步也走不動。

「果然卡住了。」

不管是讓角色跳躍還是衝刺，做任何動作都沒能離開原位。停在原處反覆做出各種動作的模樣實在很滑稽，岸嶺忍不住笑了出來。

「好、好像在跳月球漫步喔。」

「不、不可以笑 Bug 啦，會挨罵的。」

說得有理。就連正常玩遊戲都會被罵說「看起來就只是在玩」了，找到開發人員看到應該難過的程式錯誤卻表現得很高興，鐵定又會被唸。不過這樣說他的岩谷，其實自己好像也在憋笑。

「總之，這個確定是A級 Bug 了。那這個 Bug 我來寫就好。」

「咦？喔，好的，麻煩你了。」

簡直好像被人搶了功勞似的，讓他心裡一瞬間覺得有點不舒服。

但是，是岩谷提議在圍欄旁邊測試角色動作，實際上引發程式錯誤的也是他。岸嶺不便抱怨。

只是沒過多久，這份錯誤報告就引發了意想不到的騷動。

3

錯誤報告按照規定累積到一定數量，就會由志野塚交給程式設計師或美術設計師等負責人。因為發現的程式錯誤當然必須請他們盡快修正。

特別是這天包括A級在內發現了很多程式錯誤，因此岸嶺他們先把錯誤報告交上去，然後再回來進行除錯作業。

狀況就在這時發生。

「寫這份錯誤報告的岩谷是誰！」

跑來房間裡開罵的，是跟《宵闇之魔術師》認識的那位柊姓程式設計師。

只是，初次見面時的印象蕩然無存，顯然正在發火。不，應該說成暴怒才對。

「怎麼了？我就是……」

岩谷也不便設法開溜，怯怯地舉手。

柊立刻過來興師問罪。

「你寫這個『角色會跳月球漫步』是什麼意思啊！」

「咦？喔，你說那個Bug啊。呃……就是只要在圍欄之間的接縫反覆進行滑步擊球，角色就會陷進去變得無法移動，只能做出擊球之類的動作。」

「那你就這樣寫啊！只寫月球漫步，我怎麼知道角色只是卡進牆壁裡還是動作本身出現異常啊！我還以為是走路動作倒轉了咧！」

岸嶺能夠體會他為什麼要來飆罵。那種寫法的確很不好懂，被罵也怪不得人。人家已經反覆叮嚀過他們多次，錯誤報告一定要寫得夠詳細而且好懂。

「怎、怎麼了啊，柊哥？」

一旁的志野塚聽到騷動趕來關心。

柊可能是發現繼續斥責兼職人員也沒用，矛頭轉向了志野塚。

「有份錯誤報告寫得不清不楚，我還得特地跑來問！喂，志野塚，拜託你檢查仔細點好嗎！這不就是你的工作嗎？」

「抱、抱歉。下次我會注意。」

可能是大家一起低頭賠不是奏效了，柊終於放低了音量。

「哼。做事拜託認真點，離進廠壓片沒剩幾天了。」

◆

柊離開後，令人尷尬的沉默降臨房間。

「哎——真是糗大了。搞得連我都一起挨罵。」

志野塚雖然用盡量開朗的語氣掃除尷尬氣氛，但岸嶺覺得他的言外之意好像是在說「都是你們害的」，覺得很不自在。不過造成原因的岩谷恐怕比他更不自在。

「你還好嗎，岩谷？」

「咦？喔，嗯，我沒事。」

也許是個頭大膽子也大吧，岩谷的神情顯得還算平靜。

真正嚇到的反而是岸嶺。雖然不是自己被凶，但他是第一次就近看到人人那樣發脾氣。儘管在電影或書中早就看多了別人發怒的場面，但跟剛才那個場面的魄力完全無法相提並論。

「不過嘛，這個時期的程式設計師大多都像吃了炸藥，跑來這裡開罵是常有的事，你們別太放在心上。」

聽起來真嚇人。

「剛、剛才那種狀況很常發生嗎？」

「嗯，對我們企劃設計來說是家常便飯。畢竟我們的主要工作，就是拿著上司臨時決定更改的設計去跟程式人員與美術人員下跪拜託。被罵是工作的一部分啦。」

「好、好像很辛苦……」

雖然早有耳聞，看來工作賺錢不是一件輕鬆的事。

不知為何這讓他想起了父親。他這輩子活到第十八年，才覺得在公司上班了幾十年養活一家人的父親也許其實相當偉大。

「沒關係，雖然這次犯了點錯，不過你們倆抓Bug的速度很快。今後我也會仔細檢查的，你們倆繼續加油吧。」

4

岸嶺學到了一點，就是人類要挨罵才會成長。後來連續好幾天，除錯作業一帆風順。

每次當天有新版本的ＲＯＭ出爐，他們就檢查遊戲的基本動作。到了這段時期，他已經掌握到程式錯誤會在何種狀況下發生，因而提升了抓錯的效率。

他也變得越來越會寫錯誤報告。那次挨罵讓他學會了寫法的好壞之分，也清楚了解到上頭希望他們交出什麼樣的報告。

兩人順利地撰寫一份份的錯誤報告交上去。

『全破畫面的工作人員名單當中，只有字母T不是小寫。
誤 ShinoTsuka→正 shinotsuka』

『重播致勝球畫面時，球拍碰到球的瞬間，暫停畫面會出現崩壞。再現性○。從影片8的第24分鐘左右開始。』

『依照以下步驟操作一定能夠贏過CPU。這樣會不會有問題？
1、第一次發球往對方場地的左邊擊球，故意打成失誤。
2、1之後一定會以對手CPU靠近中央的狀態開始第二次發球，這時只要往對手場地的最右邊發球，對手CPU一定無法對應，即可得分。』

玩遊戲的本領也越來越好了。每次檢查雙人對戰模式都要跟岩谷進入對戰模式缺乏效率，也有可能被認為只是在玩。因此岸嶺現在變得能夠左右手各拿一支手把，一個人進行雙人對戰。

雖然不能進行激烈對戰，但夠用來看基本動作了。看到這個狀況，就連志野塚也睜圓了眼睛說：

「你真有一套。」岸嶺甚至覺得就以目前來說，自己一定是全世界最會玩這款遊戲的人。

唯一的麻煩是，另外一個問題漸漸浮現。

玩遊戲很開心。岸嶺屬於只要有心，可以連續玩上好幾小時的類型。但除錯是工作不是玩樂。畢竟照正常的玩法去玩都會挨罵了。

（好睏……）

這樣的日子連續過上十天，新鮮感逐漸喪失，遊戲也變成了例行公事。檢查選單相關部分、看過整個結局動畫，然後就只是不停地嘗試各種玩法。這樣會開始昏昏欲睡也無可厚非。坐在旁邊的岩谷更是成天拿著手把打瞌睡，每次還得要岸嶺去把他戳醒。

要是繼續這樣下去，挨罵恐怕是遲早的問題。不過幸運的是，過了半個月的時候職場又出現了變化。最後期限——進廠壓片的日期即將到來。到了這時候程式設計師們似乎連回家都嫌浪費時間，他們的腳邊變得隨時備有瓦楞紙與毛毯就是最好的證據。

當然他們的心情也就更加惡劣，使得公司內部的氣氛隨之變得緊繃。這下岸嶺與岩谷也實在沒多餘心情打瞌睡了。

他們就這樣勉強撐過一天又一天，遊戲也跟著接近完成。其間可能是程式錯誤——特別是S級或A級錯誤——出現的頻率順利減少，緊繃的氣氛也總算得到緩解……

「照這個步調下去，後天進廠壓片應該沒問題。就剩最後一步了，除錯工作加油啊。」

志野塚他們企劃設計團隊的神情，也開始帶有明顯的安心色彩。

5

然後終於進入了進廠壓片的前一天，也就是星期日。

由於隔天早上母片就要送廠，這天對岸領而言是最後一次打工。

「啊，岩谷先生早。」

岸嶺一如往常地坐到除錯座位，對個頭高大的同事打聲招呼。雖然是中午時段，不過在這個公司似乎無論幾點來都是這樣打招呼。

「早。做完今天，除錯工作就總算結束啦。」

「那也得要沒出任何問題才行。」

一旦進廠壓片，當然就沒遊戲測試員的事了。不過志野塚對他們說過，假如發生了某種始料未及的程式錯誤導致進廠壓片延期，希望可以延長打工時間。

話雖如此，兩人玩過今天交給他們的遊戲最終版本，並沒有找到什麼程式錯誤。找了半天，連B級錯誤都找不到。

（看來應該沒問題了。）

岸嶺是覺得再打工一陣子也沒關係，不過一切能順利結束當然最好。

然後到了晚上九點，岸嶺打工結束的時刻終於到來。

「結果今天也是一樣，沒發現太大的 Bug。」

聽到岩谷與岸嶺的報告，志野塚似乎鬆了一口氣。

「哎——真是太好了。假如今天找到麻煩的S級 Bug，搞不好還得請壓片工廠停工呢。你們倆都辛苦了。多虧有你們幫忙，看樣子可以準備發售了。」

「不會，我才是受貴公司照顧了。這次打工讓我學到很多。」

這是岸嶺這輩子第一次的工作經驗，說的都是真心話。

「岩谷你希望進我們公司上班對吧？你的工作態度很好，只要能帶個作品過來，我想上面一定也會認真考慮的。」

「真的嗎！謝謝，我會努力的。」

好像令人意外——但也不盡然。岸嶺純粹只是為了賺錢，但看起來比志野塚年長的岩谷，這個年齡早就應該在公司就職了。一定是想進入這個公司才會在這裡打工。

「請問作品指的是？」

岸嶺提出單純的疑問。

「當然是遊戲了。」岩谷說。「我想成為企劃設計師。不是應屆畢業生的人想得到遊戲公司錄取，最好的方法就是寫遊戲企劃書請公司參考。」

「哦，原來是這樣啊。」

在遊戲公司工作的這一個月，讓岸嶺知道製作遊戲不是一件簡單的事。雖然只是寫企劃書，但岩谷的前途可能會是一條坎坷的路。

不過岸嶺也不能說風涼話。目前是不關自己的事，但自己大學畢業後也得找工作。了解到工作的辛苦之後，一想到這件事就覺得心情有些沉重。

「啊，對了對了，進廠壓片結束後會辦慶功宴。你們倆如果方便的話也來參加吧，一切塵埃落定之後我再聯絡你們。」

「慶、慶功宴嗎？」

公司的慶功宴。又是一個岸嶺從未體驗過的世界。

「我還未成年，沒關係嗎？」

「沒關係沒關係，我也是幾乎都喝烏龍茶啦。當作是吃免錢飯的機會就好。」

可能是一切大功告成帶來了安心感，他們幾個人像是離情依依般東拉西扯地閒聊。

但是所謂的壞事，總是選在這種時候發生。

「喂，志野塚，你過來開個會。還有，可以讓兩個測試員再待一下嗎？」

志野塚的上司兼企劃團隊的領導者，帶著一臉凝重的表情過來。

「什麼事啊？你們等我一下喔。」

不只包括志野塚在內的企劃團隊，就連包括柊在內的程式設計師們也都來了，開始討論一些事情。

「是不是出了什麼事？」

「好像是。都要進廠壓片了，真不吉利。」

岸嶺與岩谷只是兼職人員，除此之外也沒別的話好說了。

沒過多久志野塚就轉了回來，把狀況告訴兩人。

「這下糟了。好像是品質管理部發現了SBug。」

「怎麼會！」

品質管理部不屬於這個公司，是直屬遊戲硬體製造商的測試團隊。聽說遊戲要上市，必須通過品質管理部這裡的檢查。

而S級程式錯誤，是會嚴重影響遊戲進行的最糟錯誤。品質管理部找到這種程式錯誤，當然不可能准許發售。

「難怪氣氛會變得這麼凝重。」岩谷低聲說。「是說，竟然還能找到SBug啊。我們都已經除了那麼久的錯耶。」

「唉，Bug 本來就是抓不完的啦。而且找到的好像是存檔消失 Bug，這是他們送來的錯誤報告。」

存檔消失類問題，與凍結類同樣會對遊戲進行造成重大影響。是無可爭辯的 S Bug。

岩谷接過錯誤報告唸出來：

「呃——我看看……？於『正在儲存』訊息顯示結束的一秒後重新啟動遊戲，存檔會消失……？」

「……是有可能存在這種 Bug。」

可想而知，將檔案寫入記憶體的儲存動作不會是一件簡單的事。儲存時的重新啟動不用說，如果在儲存剛結束時做出奇怪的操作，或許是會引發某些異常狀況。

「而且這個 Bug，說是不但沒能確認再現性，偏偏還是在沒錄影的時候發生。」

棘手的問題一籮筐。如果完全無法確認再現性，程式設計師也無從修改起。

「可是既然報告已經呈上來，就得設法在明天之前把這個 Bug 修掉才行，首先得檢查是否真的有出現 Bug，就算修正好了也得替新版本做測試。抱歉在你們準備下班的時候這麼說，但只有你們熟悉除錯作業，能不能至少請岩谷再留一晚？」

打工結束時間已經到了。換言之，就是要他徹夜幫忙做事。

「我可以啊。反正明天也沒事要做。」

但岩谷毫不猶豫。不過，岸嶺也是同樣的心情。

「那個，我也願意留下來。在這種狀況下只有我回家會讓我放心不下。」

他說的是真心話。這是他第一次參加的工作，如果可以，他希望能參與到最後一刻。

「岸嶺同學，你明天還要上學，放心回家沒關係的。」

「不，請讓我留下。除錯是我們的工作，我希望能有始有終。」

志野塚似乎仍然猶豫不決，但也沒維持太久。

「真的可以嗎？」

「可以。比起在學校上課，在這裡工作可以得到更好的經驗。」

「謝謝你。說得也是，你已經十八歲了，應該不要緊。不過還是請你打個電話給家長徵詢同意好嗎？就算法律上沒問題，讓高中生過夜工作或許還是不太妥當。」

「好的。」

感覺好像被當成小孩子看待，讓岸嶺有點難以接受。話雖如此，沒交代一聲就在外面過夜也許會害妹妹擔心。打個電話是應該的。

他借用電話，打給家裡。

『喂，這裡是岸嶺家。』

可能也因為時間晚了，接電話的是父親。

『啊，爸爸？我現在正在打工，但好像出了一點問題，可能需要留下來過夜處理。我今晚不回家可以嗎？』

岸嶺畢竟也正值叛逆期。雖然並沒有跟父親鬧彆扭，但他平常就很少跟父親說話，告知的內容自然也就變得比較簡潔。

『這樣啊。現在不是考試期間吧？』

「喔，不是。」

『那麼既然是你接下的工作，就負責照顧到最後吧。不過明天還是要去上學喔。你還年輕，應該有這個體力。』

「好。麻煩爸幫我跟媽還有真奈說一聲。」

對話內容就這樣了。但父親二話不說就答應，而且沒有多問原因，讓他覺得自己被看作能獨當一面的大人，心裡很高興。

「我家人說可以。」

「喔，那太好了。那就請你們立刻開始從再現步驟做起吧。」

於是岸嶺開始跟岩谷一起如常進行除錯。

首先他們試著反覆嘗試幾次報告上寫出的動作：執行儲存動作，等「正在儲存」訊息結束過了一秒鐘後重新啟動遊戲。

但是再現失敗。做再多遍都沒用。

於是他們換個方式，不用等到一秒鐘，反覆嘗試在儲存一結束的瞬間就重新啟動遊戲。但還是不行。

後來他們又試過了各種狀況。首先從單人模式開始，在對戰時中斷遊戲，儲存後重新啟動。或者是先與掌上主機通訊，儲存後再重新啟動。甚至還停在選單畫面等了大約十分鐘再重新啟動，對遊戲施加了所有他們能想到的負擔，再反覆進行儲存&重新啟動。

即使如此，存檔仍然從未消失。

◆

「成功再現了沒？」

深夜十二點，志野塚過來關心事情進展。

「沒有，不行。我們試過所有能想到的狀況，但都沒有消失……」

可能是連續工作了很久的關係，岩谷報告的聲音有些疲倦。

「你們也是？現在公司全體人員出動用開發設備進行驗證，但好像也是無法確認再現性。程式設計團隊也很為難，說是最起碼也得重現一次才有辦法修正……不好意思，麻煩你們再多試幾次。」

「好的。」

也就是要他們繼續做這種毫無樂趣、單調的驗證作業。

但不可思議的是，岸嶺的幹勁並未被澆熄。現在能否順利進廠壓片，可以說全看他們測試員了。岸嶺知道這間公司的員工，在製作這款遊戲上投注了多少心力。絕不能讓區區一個程式錯誤導致遊戲發售延期——這是他的心聲。

時日終於交替。時鐘的指針，即將指向凌晨兩點。

岸嶺覺得自己快要崩潰了。不只是身體的疲勞，默默重複同一種動作造成的精神疲勞即將瀕臨極限。更何況平常這個時間他早就進入夢鄉了。

劇烈的睏意來襲。身旁的岩谷早已點頭如搗蒜。岸嶺知道必須把他叫醒繼續驗證，卻就是提不起那個勁。

「…………」

他一邊對抗睏意，一邊實行不知已經是第幾百次的儲存動作。

『正在儲存。』

（嗚嗚，得重新啟動才行——）

根據錯誤報告指出，重新啟動必須在儲存訊息結束的一秒鐘後執行。這麼簡單的驗證步驟連小學生都會。

然而昏昏欲睡的岸嶺，卻連這麼簡單的步驟都沒做好。

「啊！糟糕——」

重新啟動按得太快了。豈止沒等一秒鐘，還在儲存他就按下了重新啟動。

（這、這下糟了。）

在儲存過程中重新啟動遊戲，會有什麼後果不堪設想。岸嶺擔心得沒錯，重新啟動的遊戲畫面顯示出陌生的系統訊息。

『沒有檔案。是否要建立新存檔？』

「……啊，消失了。」

存檔消失了。如果是在儲存進度後重新啟動導致存檔消失的話就是大問題，但儲存過程中重新啟動導致存檔消失就只能說沒辦法。

「喂。」

「咦！」

畢竟已是凌晨兩點了。忽然聽到有人叫自己，岸嶺從椅子上跳了起來。

還以為是誰，原來是程式設計師柊。

「這怎麼搞的，存檔怎麼消失了？再現成功了嗎？」

語氣咄咄逼人應該是因為睡眠不足的關係，不是有意罵他或是逼問他。

「啊，沒有，其實不是──」

岸嶺把事情解釋清楚。告訴柊是他不小心在「正在儲存」的訊息顯示時實行了重新啟動步驟，導致存檔消失。

「那樣會消失很正常。」

「……就是啊。」

然而就在這時，岸嶺的腦中浮現了一個想法。

「有沒有可能是品質管理部的人，也犯了同樣的錯？」

「嗯？什麼意思？」

「我的意思是，這五個小時以來，我們已經照所有順序做了驗證，但不管怎麼做都沒能再現報告裡的存檔消失現象。我不斷重複同一種作業，做著做著就開始恍神，一不小心弄錯了重新啟動的時機……存檔就像這樣消失了。」

明明已經是深夜時分，岸嶺身心俱疲，講話卻不可思議地滔滔不絕。只能說人體實在很奧妙。

「所以品質管理部的人會不會也跟我一樣很累了，就把重新啟動的時機弄錯，本來應該在儲存後執行，卻還在儲存時就按下去了……？啊，不過專業部門的人可能不會犯這種錯吧。」

「不，不見得。」

柊語氣強硬地斷言，就好像以前也發生過類似的情形一樣。

「除錯作業這種工作，有些人做一個小時就睡死了。這是很有可能的。好，總之我懂了，反正都驗證這麼多遍了還是無法再現對吧？剩下的部分我這邊處理就好，你先休息等修正版出來吧。」

「咦？」

這種無法驗證的程式錯誤還有辦法修正？岸嶺雖心存疑問，但現在獲准睡覺讓他高興都來不及了。

「不、不過意思是要我在這邊睡覺嗎？」

「喔，你們這邊只有椅子啊。那這給你用吧。」

柊把放在房間角落的瓦楞紙與毛毯拿了過來。

「謝、謝謝。」

岸嶺把瓦楞紙鋪在地上，用毛毯把自己裹起來。已經沒多餘力氣去顧慮坐在旁邊椅子上打瞌睡的岩谷了。

這絕對是他這輩子睡過最差的床鋪。硬梆梆的，而且無法隔絕地板的冰冷。更何況衛生條件也令人存疑，而且各處還傳來說話聲或是敲打鍵盤的噠噠聲。

即使如此，不知是因為太累還是十八歲的年輕力量，岸嶺很快就睡著了。

◆

只是，岸嶺睡得並不沉。即使因為疲勞而能立刻入睡，睡不慣的床仍然讓他無法熟睡。

「……嗯——」

凌晨四點左右，他迷迷糊糊地醒來。

他這輩子第一次在這種時間醒來。只能說打工真是充滿了人生經驗。

一看，岩谷仍坐在椅子上呼呼大睡。老實說，岸嶺很羨慕他用那種姿勢竟然還能睡得著。

「嗯？你醒啦？正好。」

這時，程式設計師柊來到了岸嶺身邊。看來是一直忙到現在都沒闔眼。

「修正版出來了。抱歉，麻煩你檢查一下。」

「啊，好的，我來。」

岸嶺腦袋昏昏沉沉、渾身無力，巴不得能躺回去繼續睡。但工作不能半途而廢的使命感讓他強打起了精神。

他接過ROM啟動遊戲。

「不過，那種沒辦法驗證的 Bug，究竟是怎麼修正的呢……？」

「你說得沒錯，那個 Bug 八成是那邊的測試員弄錯了，沒得改。」

「就、就是說嘛？」

「所以我從根本下手，讓那種 Bug 沒有發生的機會。內部的處理程序沒動，只是把『正在儲存』的訊息顯示延長大約一・二秒，並且追加顯示『儲存中重新啟動遊戲或是關閉電源可能導致存檔消失』這條警告訊息。」

「原、原來如此……！」

這就叫翻轉思維。在舊版本當中，儲存進度後的一秒鐘之間或許有可能發生某些程式錯誤。因此，為了避免這種狀況，他不在內部做任何變更，而是把顯示「正在儲存」訊息的時間單純延長大約一・二秒，並追加顯示「儲存進度的時候如果重新啟動遊戲，發生意外概不負責」的警告訊息，藉此徹底消除昨天報告提出的存檔消失錯誤發生的可能性。

再加上可能因為是網球遊戲的關係，儲存需要的時間很短，次數也絕不算多。延長個一・二秒也感覺不到太大差異。

「版本也變了，所以麻煩你從選單部分全部檢查一遍，可以吧？」

「好的，我會處理好。」

「那麼，換我去瞇一下了。萬一又發現 Bug 的話就把我叫醒沒關係。」

說著，柊也睡眼惺忪地離開了。

無意間岸嶺環顧一下整個公司，眼前景象正可謂屍橫遍野。幾乎所有人都窩在辦公桌底下，醒著的人則一副半死不活的表情在玩遊戲。

何必做到這種地步——他如此心想，但這就是公司，這就是職業精神。自己雖只是一介兼職人員，但能參與其中仍讓他心懷少許驕傲。

「……好。」

他重新鼓起幹勁，回到除錯的工作。

岸嶺一時猶豫要不要叫醒岩谷，但最後還是沒叫他，並不是因為想讓他多睡一會兒。學校終究還是不能遲到，自己等會兒就得先走。之後的事情只能交給他處理，所以岸嶺覺得現在不妨讓他先休息。

時間即將來到早上六點。太陽早已升起了。

「早安，岸嶺同學。」

一臉睏意的志野塚慢吞吞地走過來。

「聽說修正版出來了是吧。有發現 Bug 嗎？」

「沒有，我一直玩到現在，目前都沒發現問題。只是四人模式之類的還沒試過……」

「那就好，謝謝。這個時間電車應該已經發車了，你可以回去了。柊哥也跟我說只有你還要上學，要我放你回去。對了對了，他還稱讚你表現得很好。」

「……好的。」

能夠得到那個總是在生氣的程式設計師稱讚，讓他單純地感到開心。況且志野塚說得對，考慮到上學的事情，做到這裡已經是極限了。

「那麼，我回去了。」

「嗯，真的很謝謝你這陣子的幫忙，在學校要用功喔。岩谷，不好意思，你該起來了。」

「……唔嗯。啊，什麼？」

岩谷一邊說著奇怪的夢話，一邊醒轉過來。

「好啦，岸嶺同學要回去了。你得跟我一起測試對戰模式之類的才行。」

「啊，岸嶺同學你要回去啦？」

「是，不好意思，之後就拜託你了。」

「嗯，包在我身上。那就下次見嘍。」

「是，下次見。」

岸嶺感到依依不捨。如果可以，他很想親眼看到母片完成的瞬間。但十八歲的自己恐怕也只能奉陪到這裡了。

他慢慢走過自己工作了一個月的公司。到處都有人倒在地上，真是一片怪誕的景象。

（謝謝各位的照顧。）

岸嶺走出大樓後再度回頭看看公司內部，輕輕行了個禮。

就這樣，岸嶺健吾人生當中的第一份工作結束了。不知是因為最後克服了一個難關，抑或是工作態度獲得稱讚的關係，心裡有種不可思議的滿足感。

不過話說回來，總覺得今天朝陽特別耀眼。明明應該跟平常看見的太陽並無不同，為何今天感覺如此地耀眼？讓他覺得好不可思議。

「那就……啊啊，好睏。」

後來，岸嶺帶著一張昏昏欲睡的臉到伊豆野宮學園上課。但岸嶺這時還不知道，這張昏昏欲睡的臉會引發另一場騷動。

BOKU TO
KANO
GA TO
TOBU SHIWAS

ILLUSTRATION
HAPPOBIJIN

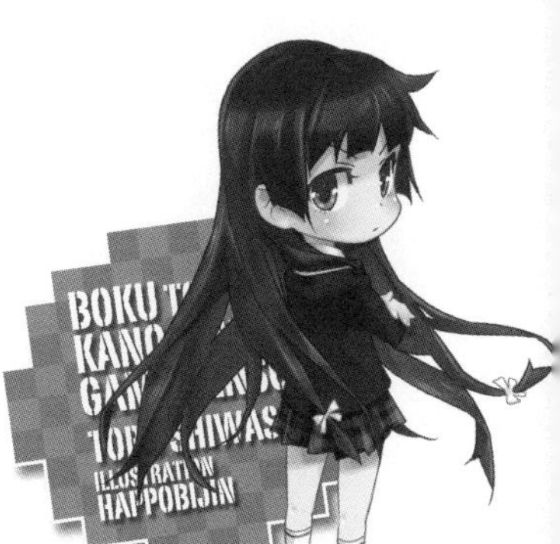

1

岸嶺並不是徹夜未眠。但是睡眠時間終究還是太短，加上鋪瓦楞紙當床也實在不算舒服。這種疲勞如今襲向了正在上課的岸嶺。只覺得渾身無力，腦袋也很沉重。自己的思維像是被迷霧遮蓋一樣模模糊糊。

大腦就是無法吸收老師講的內容。光是把白板上的內容抄在筆記本上就已經耗盡力氣。對岸嶺來說幸運的是，今天正好沒有體育課，而且他的座位在靠窗後排的不顯眼位置。坐在這裡即使上課時多少打點盹也不會被罵。再說，可能因為還是十八少年吧，體力恢復得很快。稍微打一下瞌睡腦袋就清醒多了。

話雖如此，大概因為今天從早上開始，動不動就打呵欠的關係吧。

「你怎麼啦？看你一副想睡覺的樣子。」

到了比較長的下課時間，班上唯一一個男同學日下部會這樣問他，也是很自然的情形。

「噢，嗯。昨天打工有點累，還沒恢復過來……」

也沒什麼好隱瞞的，他誠實回答。

「哦，你有在打工啊？我也在超商打工過一段時間，那個真的超累。」

「嗯，而且昨天又拖得有點晚……」

這段對話本身就只是同班同學常有的聊天內容。問題是，他們就讀的並非一般學校。這段平凡無奇的對話，從岸嶺他們意想不到的方向引來了反應。

「請、請問一下……」

反應來自旁邊座位的幾個女生。

岸嶺他們不禁呆住了。因為如果是普通學校還沒什麼好奇怪的，但他們自從轉入這所伊豆野宮學園以來，除了發講義之類的重要事情之外，女學生幾乎從不主動跟他們攀談。

「岸嶺同學，你有在打工啊？」

「咦？喔，有啊。不過已經結束了。」

霎時間，旁人像是湖面掀起了漣漪般開始議論紛紛。

「妳聽到了嗎？他說打工耶！」「原來說上了高中就能開始工作是真的啊。」「一定是因為需要零用錢吧？」「原來還有這種狀況啊，我真無法想像。」

「…………」「…………」

岸嶺與日下部都不知該作何反應。

這讓他們深切體會到，這所伊豆野宮學園果真是千金小姐們的巢穴。

「我、我問你，岸嶺同學。工作賺錢是不是真的很辛苦？」

「喔，對啊。不過我盡力去做，結果做得還可以。」

「他說做得還可以！真令人佩服。」「沒想到高中生也能工作賺錢。」「我還以為上班工作是好幾年以後的事呢。」

岸嶺每回答一個問題，教室就受到一陣騷動籠罩。

「反應也太熱烈了吧。我看我也去找個打工好了。」

總是想跟女生親近的日下部壓低聲音說道。

「原來對這所學園的學生來說，是這麼稀奇的事啊。」

「各位同學在吵什麼？請安靜，要開始上課了。」

老師一來，班上的騷動便平靜下來，下一堂課照常開始。

至少在這時候，事情還沒鬧大。

2

異狀在第六堂課結束，班導來到班上開班會的時候發生。

班會本身一如往常地進行。但在各種事項聯絡完畢，只剩下放學前的口令時，班導忽然說了：

「啊，還有……岸嶺同學，班會結束後請到理事長室報到。」

「咦？」

不只岸嶺，全班同學都嚇了一跳。如果是在放學後被叫到教職員室或學務處還能理解。但從沒聽過有學生被叫去理事長室。

「聽到了嗎？已經通知你了喔。那麼值日生，請喊口令。」

「啊，是。起立，敬禮。」

班會在奇怪的氣氛下結束。班上同學的視線讓他很不自在。

「你有做什麼嗎？」

彷彿代替班上其他同學道出心裡疑問，日下部問道。

「咦？沒有啊，半點頭緒都沒有……總之我先去看看。」

岸嶺立刻前往理事長室。

敲門詢問可否入室後，聽從「進來」的指示走進辦公室。

理事長當然就在裡面等他，是一位用老練二字形容再貼切不過，目光銳利的老人。事實上，

既然能夠任職歷史悠久的伊豆野宮學園的理事長，自然不會是個普通老人。只不過，岸嶺知道他有著略嫌特殊的喜好，或者該說性癖好。其實他愛死了女學生。

而且在辦公室裡等他的，並不只有理事長一人。校長、教務主任、學年主任、學務長加上班導。簡而言之就是主要教師陣容齊聚一堂。

「退學。很遺憾，直接勒令退學。」

「咦？」

理事長突如其來的一句話，讓岸嶺當場凍住。

「請等一下，理事長。這樣就下結論未免言之過早。首先應該把事實一一確認清楚。」

校長好言相勸。伊豆野宮學園當中據說只有這位老練女性的身分地位能夠阻止理事長，在這個情況下似乎也願意幫助岸嶺。

「哼，浪費時間罷了。好吧，隨妳的便。反正結論不會改變。」

「那麼我就問了。岸嶺同學，首先我想向你確認一件事。」

「咦，什麼事……？」

「你之前真的有在打工嗎？」

「啊，有的。」

包括校長在內，各位教師都顯得有些失望。

相較之下，理事長則是面露邪惡的得意笑容。

「這可不行啊。你不知道我們學園禁止打工嗎？」

「咦——」

他完全忘了還有這個可能性。於是他弄懂了自己被叫來的理由。

禁止打工。的確，有些學校會這麼規定。但是岸嶺也能解釋自己為何沒有想到這一點。拿他的青梅竹馬鷹三津來說好了。

「可、可是這所學園也有學生在演藝圈活動，對吧……？」

「那應該是演藝科的學生吧。普通科的學生應該專心用功才對。」

「啊……」

的確，她跟他們不是同一個學科。演藝科有工作要做或許很合理，但普通科就不一定了。

「看來你終於搞懂了。學生必須遵守校規，學生違規卻不受懲處會成為其他學生的壞榜樣，對學生家長也說不過去。退學就對了，退學。」

岸嶺眼前差點變得一片昏黑。

如果真的落得退學的下場，會怎麼樣？轉入他校？但是即將迎接大考的高三生有那麼容易轉學嗎？更何況一旦自己退出，現代遊戲社會怎麼樣？現在才要開始找新社員，想也知道不可能。這麼一來努力奮鬥了幾個月的團隊就得解散，不知道會讓天道或杉鹿有多失望。

「請等一下，各位老師。」

就在這時，一陣熟悉而堅定的嗓音傳來，一名女學生走進了理事長室。是天道。

「唔，是小忍——呃不，原來是天道同學啊。」

這個理事長剛才竟然叫她「小忍」？教師陣營短暫一瞬間露出了怪表情。不過或許該說年老經驗多吧，理事長連一聲乾咳都沒有就對眾人擺出了威嚴的面容。

「有事嗎？雖然妳是學生會長，但我們正在談重要的事情，妳沒徵求許可就闖進來恐怕不可取吧。」

「恕我直言，正因為各位在談關乎一個人一生的重要議題，我才會顧不得禮節直接入室。」

面對理事長的銳利眼神，天道毫不退縮。

「事情我都聽說了，知道問題出在他的打工活動。但是，請問打工真的是這麼罪大惡極的事嗎？我們將來也會離開學校出社會工作，趁現在累積一些工作經驗，我認為對於學習做人處事來說極有意義。」

「原來如此，說得很有道理。」

理事長像是細細玩味她的發言，緩緩地點了個頭。

「但是本校學生有必須遵守的校規。老夫不認為擅自違反校規吸收的社會經驗能稱得上有用，更重要的是無法作為其他學生的借鏡。老夫也無意否定打工活動的意義，但既然身為本校學生就該遵守規定。想打工就該去念允許打工的學校，妳不這麼認為嗎？」

「我明白您的意思。但是學生手冊上只有寫到『有礙學業發展的課外學習活動等等必須徵求師長同意』，並未明文禁止打工活動。關於這點您如何解釋？」

天道堅持自己的立場。

可能是感覺出她與理事長之間針鋒相對的氣氛，學年主任教師急忙打圓場：

「不需要每件事都明文規定，學生應該也知道什麼事情不該做才對。因為打工確實會減少念書的時間。」

「這樣說來，就算有打工，只要不影響成績應該就不成問題了吧？」

就連挑人語病的辯論方式都用得面不改色。

岸嶺聽了，覺得信心大增。而且天道如此站在自己這一邊，也讓他很高興。

「真要說起來，學生手冊上只寫著『必須徵求師長同意』，並沒有提到未曾徵求同意時的罰則。但現在卻二話不說就要勒令退學，我身為學生會長有責任捍衛學生的權益，必須提出嚴正抗議。」

或許該說不愧是天道，就連歷練老成的教師陣營都像是講不過她般沉默不語。然而，或許必須說薑是老的辣，理事長神態從容。

「原來如此，不愧是本校的學生會長，真是能言善道。好，那老夫就不立刻下令退學。但他違反校規是很明顯的事實，這點老夫沒說錯吧？」

對於這個問題，看來即使是天道也無從反對。

「……理事長說得對。」

「那麼，懲處違反校規的學生也是理所當然。因為學校是團體生活的地方，如果規則能隨意破壞，就無法讓其他學生引以為戒了。退學就算了，但還是得予以適當的懲處。這點妳也沒有異議吧？」

「…………」

岸嶺覺得他說得很對，不敢有怨言。天道似乎也終於無話可回了。

「我想請問懲處的內容是什麼？例如假如勒令停學的話，我認為那才會真正影響學業。」

「說得對，那就採用不會影響學業的方式吧。例如接下來幾個月禁止參與社團活動，如何？」

天道第一次表現出明顯的動搖反應。

當然岸嶺也是。聽說暑假是電玩大賽參賽最踴躍的時期。在這樣的夏季被禁止參與社團活動，現代遊戲社的團隊活動等於是完了。

「不愧是理事長，我認為這樣處分很恰當。那就接下來的三個月禁止社團活動吧。」

「說得對。更何況換成一般學校的話，升上高三早就該退出社團活動了。」

或許不是有意附和理事長，但學年主任與班導都沒有反對。

想必是因為他們認為這種處罰方式很恰當。就連岸嶺也這麼覺得。既不是停學也不是類似處分，就只是禁止玩社團。沒有比這更不會影響學業的罰則了。

「可、可是……這……」

天道試著幫忙反駁。但不得不承認理事長這次說得對，她無言以對。

岸嶺左右為難。禁止玩社團讓他感到十分遺憾，但更重要的是，他不想看到天道困擾的表情。況且她應該很清楚這樣會降低教師陣營對她的評價，卻還是為了岸嶺據理力爭。

至少岸嶺知道有個方法，可以減輕天道的負擔。只需要開口說：好的，我接受——這樣就夠了。

然而，就在這個瞬間，有人敲門了。

「誰啊，這種時候跑來？」

理事長冷漠地一回應……

「事情我都聽說了！」

看到磅一聲把門推開進來的人物，所有人無不難掩驚愕。

是瀨名老師。

（難、難道是來幫助我的？）

瀨名老師的話是有可能這麼做。而且岸嶺知道碰到這種情況，瀨名老師非常可靠。事實上理事長不用說，就連學年主任都一副「來了個麻煩人物」的神情。

「瀨名老師，你不是這個學生的班導，我想應該沒有你出面的份吧？」

學年主任教師平靜地質問。

「沒有這種事。他——岸嶺同學是我們現代遊戲社的社員，對於他的行為，我身為社團顧問也有責任！」

「原來是這樣啊。如果是社團顧問的話，對學生的教育的確付出了很大心力。我認為他可以在場。」

校長幫瀨名老師說話。

沒有人寧可跟校長唱反調也要提出異議。

「好吧。所以你這個顧問跑來，究竟有何指教？」

「是，我只有一件事要說！事情我都聽說了，各位在這個問題的解決方式上，忘了一件身為教師該做的事。我就是來提醒各位的！」

「你說什麼？」

不只理事長，其他老師似乎都覺得受到了冒犯。岸嶺也不是不能體會，被年紀尚輕的瀨名老師說「你們忘了自己該做的事」，會有火氣是當然的。

「還請你不吝指教，請問我們究竟忘記了什麼？」

「很簡單，就是查明原因！打個比方，如果跟人約好，卻因為幫助遇到困難的路人而遲到，身為社會人士就該網開一面。岸嶺同學打工，的確是違反了校規。但假如他是不得已的，身為教師就該酌情處理！」

「說得也有道理。我們的確是忘了問整件事情的原因。」

校長即刻表示同意。對此沒有任何人提出反駁。

「岸嶺同學，你為什麼會去打工？」

在這關鍵時刻，岸嶺沒有做錯選擇。瀨名老師做這種安排的理由並不難懂。

「呃……是為了社團活動。練習需要花錢，交通費也不是一筆小數目。」

瀨名老師得意洋洋地擺起了架子。

「各位都聽見了嗎！如果他打工是為了玩樂，那就找不了藉口了。但社團活動是一種正式的學生活動，作為打工的目的，我認為有酌情處理的餘地，各位覺得呢？」

「……嘖！真會回嘴。」

聽了瀨名老師的論辯，理事長露骨地嘖了一聲。

「說到這個，還有一件事情忘了問。你打工做的是什麼工作？」

理事長似乎還不肯死心。

假如一問之下發現岸嶺的工作內容很特殊，一定會立刻針對這點下手。

而事實上，岸嶺的打工內容絕非一般工作。聽到打工內容是打電動抓程式錯誤，他搞不好根本不會把這當成一種工作。

然而就在這時，站在身旁的瀨名老師用只有岸嶺聽得見的極小音量說了：

「就說是軟體測試員。老人家都聽不懂這些洋玩意兒。」

你怎麼會知道我打的是什麼工？——這是岸嶺的第一個想法，但他隨即明白了瀨名老師的用意。

「呃，這個……是軟體測試員。」

被瀨名老師說中了，理事長以及校長都表現出反應不過來的樣子。

「軟、軟體？什麼意思？」

「哦，您沒聽過嗎？那麼就由不才在下來做解說吧！所謂的軟體測試員，就是負責檢查在電腦上執行的程式有無不正常的動作！」

「原、原來如此。檢查程式就對了吧。」

看來理事長是真的不太懂這些洋玩意兒，似乎不知道該怎麼去理解這段說明。

「哎呀，那豈不是一份跟得上現代趨勢、很有意義的工作嗎？畢竟現在這個時代，不管做什麼都得用到電腦。您說是吧，理事長？」

「呃，嗯。或許是吧。」

理事長擺明了沒聽懂工作內容，但卻佯裝平靜，可能是不願被當成對電腦一竅不通的老年人吧。

「我想說的話都說完了！違反校規的確不應該，但不斟酌事情原由就用硬性規定死板處理，這才是對學生有害無益！」

瀨名老師講得頭頭是道讓其他教師無話可回之後，又進一步湊到理事長的耳邊呢喃了幾句：

「只要您願意不把事情鬧大，您在游泳池安裝攝影機的事情我就為您保密。」

這些話傳進岸嶺的耳裡，純粹只是湊巧。效果十分顯著。

「也、也是。畢竟就是學生犯點小錯，或許不用把事情看得太嚴重。」

所有人看到理事長態度轉變如此之快，無不瞠目結舌。大概只有校長一個人平心靜氣地接受了狀況。

「既然理事長都這麼說了，事情就好解決了。這次的事情校方也有不對，沒有跟學生清楚

說明禁止打工。總之岸嶺同學，這次就先不處罰你了。」

「謝、謝謝校長。」

總算可以鬆一口氣了。天道也安心地大嘆一口氣。

「不過，不許你四處吹噓你的打工經歷。容我一再重複，打工本身不是一件壞事。但我最怕看到的是明明不是一定有必要，其他學生卻沒來由地開始焦急，認為自己或許也該吸收一點打工經驗的狀況。」

「我明白，我會謹記在心。我感到很抱歉。」

岸嶺誠心誠意地認錯，低頭致歉。

「不過，有一件事老夫得說清楚。」

半晌之後，理事長語重心長地開口了。

「你們的社團——叫什麼來著？」

「呃，是現代遊戲社。」

「對，就是這個。老夫怎麼聽說活動內容其實就只是打電動？」

「這有什麼不對？」

天道有點不悅地插嘴。

「電玩如今已是日本引以為傲的文化。您認為學生致力於這種文化活動有任何問題嗎？」

「你們或許認為沒問題，但有不少長輩認為電動玩具是給小孩子玩的。至今仍然有意見表示不該把這列為社團活動，用學校的經費來玩樂。」

「恕我直言，理事長。」瀨名老師說了。「現代遊戲社使用的設備基本上都是我所提供的私人物品！」

「就算是這樣好了，場所與電費仍然是由學校提供。當然如果要這樣說的話，大多數的社團都無法進行活動了。但是至少其他社團有做出不容忽視的實際成績，為提升我們伊豆野宮的名聲貢獻一份心力。反過來看，這個什麼現代遊戲社呢？」

「關於這點，理事長您不用擔──」

天道話才講到一半，就被理事長打斷了。

「天道同學，老夫不是在問妳，是在問引發事端的這個男同學。岸嶺，你怎麼說？現代遊戲社真的不是平白浪費電費的社團嗎？」

理事長硬是把問題丟過來。

岸嶺大致可以猜到理事長想逼他說什麼，也很清楚天道剛才什麼話說到一半。

「請、請放心。我們打算在今年內做出實際成績，讓伊豆野宮學園的名聲響徹全國。」

「全國這種字眼不是你可以輕易亂用的。無論是棒球還是網球，每所學校為了讓名聲傳遍全國，無不是苦練多年。但你們社團成立還不到一年，社員也都是三年級學生。你認為你們能用剩下的半年時間打下比其他學校更好的成績嗎？」

理事長言辭犀利。以駿河坂的電玩社來說，像那種從三個年級當中選拔選手，社員每天一起反覆練習累積專業知識的隊伍必然有其厲害之處。就這點來說，現代遊戲社幾乎都是靠社員的天分比賽到今天。

但是沒有的東西變不出來，也只能用手裡有的牌來較勁了。再說幸運的是，他們有機會能在剩下的半年內留下成果。夏天才是電玩大賽最熱烈的時期。

「請放心，我們一定會成功的。甚至暑假期間就能辦到。」

「哦，口氣不小嘛。」

就像在說「正合我意」，理事長的臉上浮現笑意。

「那麼，現代遊戲社想必很快就會做出成績了吧？否則的話，就做好社團壽命只限今年的心理準備吧。」

「…………」

他早就猜到理事長會拿這套說詞來反駁了。

岸嶺一時無言以對。更何況這種問題，不是他能擅自回答的。

但就在這時，一隻手放到了岸嶺的肩膀上。

他不禁轉過頭去，結果跟天道對上了目光。

「…………」

她沉默但堅定地點了個頭。於是岸嶺也下定了決心。

「當然。我們一定會在這個夏天做出一些實際成績。」

3

「哦。難怪各位今天來得比較晚，原來是發生了這樣的事啊。」

到了放學後的現代遊戲社社辦。

社團的成員之一鷹三津，語帶關心地這麼說了。

「不、不過不用擔心，我們已經設法把事情談妥了。」

「那樣能算是談妥了嗎？結果搞得我們得趕快做出成果才行，不是嗎？」

聽完整件事情經過的杉鹿，看起來不太高興。但也不是真的很不高興。因為她基本上都是這副表情。

天道歉疚地閉起了眼睛。

「事情就發展成這樣了。我有在反省。」

「別這麼說，錯在我不該沒取得許可就去打工。社長妳只是替我辯護而已啊。」

「就是啊就是啊，反正就是岸嶺不好，妳不用在意。不過話又說回來，岸嶺你竟然想買遊戲想到跑去打工？」

岸嶺不方便說出自己是為了還請電玩家教的錢才打工。因為家教那件事是祕密特訓。

「呃，對啊。再說妳也知道不只遊戲，交通費也不便宜，一堆地方需要用到錢。」

「就是呀。去東京的電車費也是不容小覷的。」鷹三津說。

「這倒也是。好吧算了，反正我們要做的事沒變。」

「就是這樣！夏天即將到來，我們玩家的火熱夏天啊！」

瀨名老師發出熱血過頭的大聲音。

夏天。據說這對玩家而言是戰況最激烈的季節。

當然是因為放暑假的關係。這個廣大學生族群獲得大量自由時間的季節，能夠讓遊戲業界的買氣達到最高峰。暑假前當然會有數不清的遊戲發售，日本各地更是幾乎天天都在舉辦電玩大賽。

特別是岸嶺等人參加的ＪＧＢＣ，更是規定只要參加官方大賽並贏得勝利就能獲得Ｇ點數。賺取了最多Ｇ點數的參賽者可以進軍年底總決賽，不過每次參賽能獲得的Ｇ點數，會依照參賽者的人數做調整。換言之只要能在大規模的大賽贏得一次勝利，就能大幅提升前進總決賽的機會。

而在暑假期間，會舉辦多場這種大規模的電玩大賽。在今年夏天做出足以進軍總決賽的亮眼成績絕非不可能。

「這麼一來，下個問題就是要參加哪場大賽了。夏天真的會舉辦很多場大賽，我也是幾乎每星期都有主持人的工作。」

就讀演藝科的鷹三津有另一個名字，就是女高中生聲優大河伊佐美。看來對於經常在電玩大賽擔任司儀的她來說，夏天一樣是工作最繁忙的季節。

「唔嗯，這就叫亂槍打鳥！事已至此，索性每場大賽都去參加也是個辦法！因為按照規定，只要能贏一場就能獲得大量點數了！」

「這個方法也不錯。能不能贏是一回事，重點是不多累積點臨場經驗，這傢伙的膽小病永遠也治不好。」

「說到痛處了……」

岸嶺到現在還是不習慣在大賽中玩電動。他無話可說。

「好，那就參加所有能參加的大賽吧。反正只要能順利贏得其中一場就算賺到了。」

「說不定真的可行喔？我們好歹也是有贏過冠軍的。」

「啊，妳不說我都忘了。」

她說的是那場《空戰奇兵》的大賽。那次或許牽扯到不少運氣要素，規模也絕對不算大，但冠軍就是冠軍。

「沒什麼，運氣也是實力之一！勝敗乃電玩界常事，能贏的時候就會贏，賣不出去的時候就是賣不出去！總之小事就別斤斤計較，持續挑戰就對啦！」

儘管現代遊戲社因為自己的打工而陷入了意想不到的狀況，這時透出的一線光明等諸多原因讓岸嶺完全放了心。

然而岸嶺很快就會知道，自己對未來是太過樂觀了。

1

七月下旬。國內進入了暑假期間。

如同這幾年來的常態，今年的夏天一樣是酷暑。特別是充滿柏油路與混凝土的東京都心更是熱上好幾倍，但造訪電玩聖地秋葉原的人數卻不減反增。

他們來此的目的，是在秋葉原連日舉辦的活動。當然，這幾年來舉辦場數大幅攀升的電玩大賽也是其中之一。

『ＪＧＢＣ秋葉原大賽，今天的所有節目宣告結束！』

擔任司儀的大河伊佐美——鷹三津的聲音四處迴盪。

『那麼再次為各位觀眾介紹！今天的冠軍是——《大爆炸》隊！』

冠軍隊伍的成員們充滿自信地在台上站成一排。

至於其他參賽者，則是讚賞與懊惱參半地獻上心情複雜的歡呼與掌聲。岸嶺等人也是其中之一。

◆

伊豆野宮學園雖然也已經進入暑假，但校內並不會因此就空無一人。校舍或是操場都有眾多學生正在進行社團活動。

岸嶺他們現代遊戲社也不例外。

「很遺憾，昨天還是沒能獲勝！」

面對鷹三津以外的社員們，瀨名老師大聲說道。

「但是這告訴了我們一件事！那就是百戰不可能百勝！」

「哎，是沒錯。但是像這樣連戰連敗，實在讓人忍不住想嘆氣。」

也難怪杉鹿要一臉憂鬱了。岸嶺他們現代遊戲社，這陣子每場比賽屢戰屢敗。儘管有時候可以打贏第一場或連勝兩場，但頂多也就如此而已，從來沒能名列前茅。

「昨天參賽者還是一樣多，競爭對手越多，贏得比賽的機會當然也就越小。我是不想說沒辦法，但要奪冠實在不是簡單的事。」

天道說得對極了。自從放暑假以來，岸嶺等人都是以參賽人數較多的大賽為目標。雖然如果獲勝可以贏得豐厚戰果，但獲勝的機率自然也會下降。

「拿昨天來說，如果我能打得再好一點就好了……」

特別是岸嶺，更是內疚地認為說不定自己是四人當中的頭號豬隊友。雖然多少累積了一點臨場經驗，但不得不承認自己在很多方面的實力，還是不如天道等其他三人。

結果話一出口，就被杉鹿狠狠搥了一拳。

「哎喲，杉鹿妳幹嘛啊？」

「還不都怪你喪氣話說個沒完。誰不知道在我們當中就屬你資歷最淺？但是現在講這個也沒用，而且我們就是在討論要如何以現有成員獲勝啊。」

「說得對。再說我們也不是毫無弱點。就像上次那樣，我也有可能扯大家後腿。重要的是在其他人在那種時候如何救援隊友。」

「就是啊就是啊。真要說的話，你已經比以前進步多了，對自己有點自信啦。」

「……知道了啦，妳們說得對。」

岸嶺聽得出來杉鹿是在用她的方式表達關懷。

而他也暗自發誓，不要再做這種跟吐苦水無異的反省。

「但是，繼續這樣下去的確也很不妙。我們總得在暑假當中做出實際成績才行。」

天道的表情前所未有地緊繃。這也難怪，畢竟關乎社團的存續問題。

「唔嗯！既然這樣，或許得重新擬定方針才行！」

「咦？現在還有改變的餘地嗎？」

「有！照之前的方式參加所有大賽，也有它的好處！因為獲勝的可能性不是零，而且可以累積臨場經驗！但不只是這樣，還得針對單一目標進行練習！」

「原來是這個意思啊。」天道說。「例如選出一種我們擅長的遊戲，在練習的同時也找時間參加其他大賽，是這個意思吧？」

「原來如此……可是社長，我們擅長的項目又是什麼呢……？」

他們的確玩過各種遊戲，但問到擅長的類別，岸嶺一時之間還真想不到。

「ＦＰＳ不錯啊，就選ＦＰＳ吧。至少我很擅長，大家也都有點經驗不是？」

「我也覺得不錯！ＦＰＳ有一個地方對我們有利！講得極端點，ＦＰＳ遊戲大多是ＣＥＲＯ Ｄ或Ｚ，很多大賽也禁止未滿十八歲的玩家參加。當然最必須提防的高手族群，像是飛特族或大學生等等還是會參賽，但是假如剛開始放暑假的上班族增加，或許反而比較容易取勝！」

最近才剛在公司工作過的岸嶺，立刻就明白了瀨名老師這番話的意思。

「我懂了。如果是剛開始放暑假的上班族等族群，臨場經驗與練習量一定也比較少。」

「照老師的作風，一定已經找好目標，看中哪場大賽了吧？」

「沒錯！八月有場電玩大賽，募集隊伍數九十六隊！總計將有三百八十四人參加！」

「三百八十四人！連團體戰我都沒看過規模這麼浩大的大賽！」

電玩大賽參賽隊伍越多，耗時就越長。特別是最近經常採取上午舉辦團體戰，下午開始舉

辦個人戰的形式，岸嶺實在不認為多達九十六隊參加的團體戰，能在半天之內比完。

「但暑假當然也是容易組隊的時期！很多大賽還會用一整天時間舉行大規模的團隊淘汰賽！再說只要準備夠多的遊戲主機，參賽者人數再多也能在一天之內比完！」

「話是這麼說……但將近一百隊耶？要玩什麼遊戲才能在一天之內比完呢？」

「這什麼傻問題啊，這麼大的人數還能一起玩什麼遊戲？當然是《戰地風雲４》嘍。」

「啊，對喔，ＢＦ４啊。」

《戰地風雲》，通稱ＢＦ。與ＣＯＤ系列齊名，是ＦＰＳ類的一款知名遊戲。

如果說ＣＯＤ是重視槍戰的ＦＰＳ，ＢＦ就是名符其實地重視戰場演出的ＦＰＳ。它的戰場遠比ＣＯＤ廣大，另一項特色就是有為數眾多的載具登場。戰車、摩托車與吉普車等地面載具不用說，戰鬥機與戰鬥直升機也不會少，在最新作ＢＦ４甚至還能搭乘人稱空中戰車、空中碉堡的ＡＣ-１３０。

在這款遊戲中可以充分感受到步兵在爆炸巨響此起彼落、砲彈滿天飛的狀況下，被戰車或戰鬥直升機追著跑的恐懼，也能夠以其人之道還治其人之身，「戰地」之名當之無愧。

「可是那款遊戲最多也就是三十二人對戰吧？」

「不！比賽項目是ＰＳ４版《戰地風雲４》！那個版本可以進行六十四人對戰！」

「請等一下，您說ＰＳ４版嗎……！」

天道罕見地做出驚嚇的反應。

岸嶺也是一樣。ＰＳ４已經正式發售了，但那對許多高中生來說是高攀不起的高檔貨。四萬圓不是能用零用錢輕鬆支付的金額。

「老師，我們社團還沒有ＰＳ４。沒有練習設備就想參賽恐怕太困難了吧？」

「唔嗯，這的確是個問題！但反過來說也是個機會！因為競爭對手沒有ＰＳ３來得多！所幸ＰＳ４的話我有！因為我是社會人士！」

的確，照瀨名老師的個性就算發售當天手刀搶購也不奇怪。

「我想買的話也買得起喲。我可是從聽說次世代主機即將問世時就開始存錢了。」

「沒想到杉鹿妳做事這麼腳踏實地……」

「又、又不會怎樣！這是玩家的基本態度啦！」

這裡是眾多富家千金小姐就讀的學園。杉鹿似乎覺得有點難為情，臉都紅了。

「那你又是怎樣！你家裡沒有遊戲主機，差不多也該買台ＰＳ４了吧！」

「對、對啦，我明白。社長，我想我應該也買得起一台。我有上次打工的薪水。」

「這樣好嗎？那不是你辛苦賺來的血汗錢嗎？」

「沒關係，我本來就打算用在社團活動上。」

「我也覺得用打工薪水買ＰＳ４是個好主意！這樣就多了一個證據強調你是為了社團活動

經費才打工！今後理事長如果又要找碴，這點會很有幫助！」

「那就可以設法弄到三台了。天道，妳呢？」

「抱歉，我實在沒辦法。聽到我要買遊戲，家裡可能會囉嗦。」

雖然聽說天道是正牌千金小姐，但看來也並未享有經濟自由。

「這有什麼，一台主機而已總有辦法！用社團的剩餘經費買就是了！」

「但那是為了今後諸般開銷所預備的社團經費。與外校進行練習比賽也不能總是靠網路，有些時候可能還得遠征。」

「話是這麼說，但有了一台ＰＳ４就可以供社團永久使用不是嗎！只要看開點當成是長期的必需設備，就不會太心痛了！」

「就是啊就是啊。再說，我跟岸嶺加起來不是要買兩台ＰＳ４嗎？有些店家應該會給很多點數，買起來應該會便宜很多吧？」

「杉、杉鹿妳真的很實際耶。咕呼！」

這次她一言不發直接扁人。

「……好吧。既然大家都這麼說了，我也不能再猶豫下去，況且不買就不能練習。那就盡快湊齊ＰＳ４，以ＢＦ４的大賽為單一目標努力練習吧。」

有了一個明確的目標，似乎真的能提振士氣。而且還是團隊成員的共同目標，自然也就讓大家產生了一體感。

「不過我要問，ＢＦ４大賽是要比什麼？應該就是征服模式吧？」

「唔嗯，規定比的是搶攻與征服！先在搶攻模式比個幾場選出晉級的隊伍，然後用征服模式展開決賽！」

搶攻與征服。前者是ＦＰＳ常有的奪取陣地模式，後者則是ＢＦ系列經典的遊戲模式。與搶攻模式的共通點是兩者都要搶奪地圖上設定的據點，能保衛越多據點就越有利。但有一個很大的差異，就是征服模式的地圖遠比搶攻大得多、可以從占領的據點重新出擊，並且有戰車等載具登場。

「可是瀨名老師，以搶奪據點為主的搶攻或征服模式要如何選出優勝隊伍？」

「唔嗯，天道同學問得好！比賽規則是這麼定的：在ＢＦ當中玩家要分成兩個陣營交火，但不會選出第一與第二名，而是由隸屬於獲勝陣營的所有隊伍得勝！」

「哦，獲勝的一方全部晉級啊。聽起來很有意思，應該會有很多團隊合作的要素。」

講到ＪＧＢＣ的電玩大賽，在大多數狀況下必須與其他所有隊伍為敵。偶爾跟其他玩家合作遊玩一下也不錯。

「只不過！聽說晉級決賽的隊伍當中，賺取到最多分數的隊伍將以ＭＶＰ的身分獲贈特別點數！」

「原來如此，也就是說即使自軍陣營輸了，只要分數夠高就能得到回報。」

「就是這樣！但我記得征服模式光是得勝就能獲得大約一千五百分！四個人就是六千分！所以獲勝的一方還是比較有利！」

「所以還得考慮得分的方式就是了？需要考慮的問題還真多……」

在BF4當中，即使擊殺對手基本上也只能獲得一百分。但如果壓制據點，把各種獎勵加進去可以獲得將近三百分。只要有那個意願，就算擊殺數為零也有可能奪冠。

「我明白比賽規則了。那麼，再來就看我們四人如何應戰了。BF4的打法重視角色分擔，最好事先決定每個人的職責再來練習。」

「唔嗯！BF4有四大類兵種，分別是突擊兵、工程兵、支援兵與偵察兵！」

BF系列是知名FPS遊戲之一。岸嶺在社團活動練習時玩過好幾次前作，這點基本常識他也知道。

首先，突擊兵擁有遠近距離都能應戰自如的突擊步槍，並且能以醫護包或電擊器治療受傷的友軍。可說是殺入敵營的衝鋒戰將，以推進戰線為己任。

工程兵是載具專家，能夠修理友軍車輛，並持有反航空、反裝甲的強力槍械與地雷。不管再強大的戰車都能瞬間摧毀。

支援兵一如其名就是支援角色。主要武器是以彈數見長的輕機槍，精度不高但能掃射大量子彈。特別是在ＢＦ４如同真實戰場上的狀況，有著火力壓制的概念。讓槍彈在極近距離下擦過敵方角色，能夠模糊對方的視野。光是在可能有敵人的地方掃射一通就能達到名符其實的掩護射擊效果。除此之外，還能攜帶可從遠方掩護友軍的迫擊砲，以及可替友軍補給彈藥的彈藥包等裝備。

第四種兵種偵察兵，簡單來說就是狙擊手。可以用狙擊槍進行遠距離狙擊自不待言，還能設置攜帶式雷達、攜帶式重生點與Ｃ４炸藥等等，活躍範圍廣泛。

「正好我們有四個人，各自選擇不同的兵種或許比較好喔。」

「說得對，歷史已經證明靠單一兵種無法取勝！只有突擊兵的話一輛敵方戰車就能阻止我方進軍，光靠支援兵又不太容易瓦解敵方戰線！」

「那我看我還是選工程兵好了？社長擅長使用突擊步槍，杉鹿則是狙擊手，瀨名老師應該會選支援兵吧？」

「說得對！還是輕機槍最適合我！」

「這麼一來就只剩工程兵了。況且選工程兵的話可以攜帶我愛用的衝鋒槍類裝備。」

「喔，你說ＰＤＷ？也是，或許很適合愛打近戰的你。」

ＰＤＷ，意即個人防衛武器，是包含突擊步槍與輕機槍等槍械的一種類別。這種類別屬於比較新穎的概念，有時候在其他ＦＰＳ會與衝鋒槍混為一談。其中甚至有的遊戲會讓直接稱為

ＰＤＷ的槍械登場，搞得有點複雜。

「那麼基本上的戰鬥方式就跟平常一樣了。我跟岸嶺一起衝鋒陷陣——」

「我與杉鹿同學則負責掩護！應該沒有問題！只不過ＢＦ４必須在廣大戰場上戰鬥，因此不見得每次都能照計畫行動！各位同學也得視需要隨時替換職業，臨機應變地戰鬥！」

ＦＰＳ是一個大意就會被開槍打死（First-Person died Suddenly）的遊戲。計畫生變的狀況是家常便飯，更何況ＢＦ４還有火力強大的戰車以及攻擊直升機登場。為了應付這些載具，有時也得視需要變成工程兵重新出擊。

「那麼，就以這幾點為原則進行練習吧。一準備好ＰＳ４，就馬上來安排練習計畫。」

天道以這句話作結後，岸嶺等人堅定地互相點頭。

2

「我回來了——」

可能是因為有了目標，社團內部的氣氛煥然一新的關係，岸嶺帶著不錯的心情回到家中。

「啊，哥哥你回來得正好。有人打電話找你——」

妹妹真奈一手拿著無線電話，過來迎接他。

「咦？找我？」

岸嶺不禁回問，因為很少有人打電話給他。他沒幾個朋友，跟天道等人則是幾乎天天碰面，不會打電話過來。

「我聽不太懂，總之是ＫＧＤ股份有限公司的……一位姓志野塚的先生。哥哥你有做什麼嗎？」

「ＫＧＤ……？啊，ＫＧＤ！嗯，我這就來接。」

他從妹妹手中接過電話。ＫＧＤ股份有限公司，就是日前他去做除錯打工的公司。

「您好，我來接電話了，我是岸嶺。」

他用上所有知識盡量回答得不失禮。後來才想到對方都已經打到岸嶺家裡了還回答「我是岸嶺」似乎不太對，但為時已晚。

『啊，你好，我是志野塚……還記得我嗎？』

「當然，上次受您照顧了。」

『我們才是。雖然從上次到現在還沒過多久，最近還好嗎？』

「咦，啊，我很好，託您的福。」

『那就好。』

就是一段四平八穩的對話。岸嶺不禁體會到，這就是所謂的客套話。

『是這樣的，上次請你除錯的網球遊戲已經壓片完成，只等發售日到來。所以我們明天晚上會在附近的居酒屋辦慶功宴，你要不要一起來？這種場合都是公司出錢，可以吃免錢的喔，免錢。』

「咦？」

慶功宴。岸嶺記得在打工的時候聽他們提過這件事。話雖如此，他完全沒想到自己一個高中生也能受邀。

『怎麼樣？現在放暑假，你應該有時間吧？不過打工人員的座位會安排在角落就是了。』

「這我不在意，但我一個高中生跑去沒關係嗎？我不能喝酒耶。」

『哈哈哈，就算你說要喝酒大家也會阻止你啦。要是在慶功宴上讓未成年喝酒，導致遊戲中止發售就笑不出來了。第一攤是晚上六點到八點，時間上來說應該沒問題。但你如果說要參加第二攤就會被阻止了。』

看來這方面對方都有幫他考慮到。

話雖如此，岸嶺不是很有興趣。像自己這種個性，就算去參加酒局又能怎樣？八成不會跟任何人說上話，獨自把飯吃完就結束了。

『哎，大家應該都知道你是高中生，我覺得不用想那麼多，放心參加就是了。好歹能累積一點將來出社會參加酒局的經驗。』

就好像看穿了岸嶺的猶豫心態似的，志野塚這麼說。

這番話大大打動了岸嶺的心。他明白自己缺乏各種經驗。打工的事情在學校鬧出問題時，他在理事長等人的面前連替自己辯護幾句都辦不到，結果對現代遊戲社的將來造成了負面影響。參加JGBC的時候也是。參加電玩大賽不只需要練習，如何百分之百發揮練習的成果也很重要。為了做到這點，膽量也是必備條件。

若是能夠培養這種膽量的話，參加一兩場酒局或許有其必要性。就算有可能出糗也值得。

岸嶺立刻做出決定。

「好的，請讓我參加。」

3

隔天晚上，岸嶺有生以來第一次踏進居酒屋。

慶功宴似乎包下了榻榻米式的大包廂，至少房間裡只有KGD的相關人士。岸嶺當然是敬陪末座，值得慶幸的是，坐在周圍的都是同為打工人員的岩谷或直屬上司志野塚等熟人。

「就這樣，《超級網球 ADVANCE》結束了所有工程，再來只等發售日來臨。大家辛苦了，那就……乾杯！」

在大約有六十人列席的榻榻米居酒屋，一個岸嶺不認識的人帶頭叫大家乾杯。看樣子似乎是KGD的總經理，也是遊戲的製作人。

岸嶺用來乾杯的當然不是酒類，而是烏龍茶。本來還擔心在這種場合不能喝無酒精飲料，想不到其他也有很多人喝烏龍茶。現在年輕人越來越不喝酒看來或許是真的。

乾杯結束後，現場氣氛轉眼間熱鬧起來。岸嶺覺得這也不難理解。他也多少知道即將進廠壓片之前，公司內部是何種氣氛。還記得那種正適合用屍橫遍野來形容，冰冷緊繃的氣氛。

如今那些肩上的重擔都放下了，也不用再擔心什麼時候會出現S級程式錯誤。當然還有遊戲會得到大眾如何評價，以及會有多少銷售量等令人胃痛的問題，但大家一定是希望至少現在先忘記一切，好好玩個痛快。

「哎呀——真高興一切順利結束。來，我們也來乾杯吧，乾杯。」

一起除錯的同伴岩谷晃動著微胖的身軀，舉起帶把啤酒杯。看來他會喝酒。

「啊，多謝。」

岸嶺也用手上的烏龍茶乾杯。

「最近怎麼樣？你是學生，應該正在放暑假吧？啊，不過你是高三生可能很忙吧。」

「啊，我們學校比較類似附中，所以跟大考沒太大關係。」

「對喔，你好像有講過？也是啦，大考這種東西能不用考最好。那你最近在幹嘛？我猜一定在玩社團吧？」

「差不多。就是組隊參加電玩大賽……ＪＧＢＣ之類的。」

「喔，團體戰啊。不錯喔，電玩的真正魅力還是在於多人對戰啦。」

「哦。岸嶺同學，你也要參加ＪＧＢＣ啊？」

志野塚從旁加入對話。

「咦？這麼說來志野塚先生也是了？」

「嗯，雖然對上班族來說有點難度，看情況參加嘍。我很愛打電動，也覺得可以作為開發遊戲的參考。例如觀察觀眾的反應之類。」

這倒不難理解。想調查對戰遊戲在什麼情況下觀眾的氣氛最熱烈，眾多觀眾專心盯著一個螢幕的電玩大賽是最佳選擇。

「啊，對了，志野塚先生。你看過我的企劃書了嗎？」

岩谷好像忽然想起來似的紅著臉問道。

「嗯？喔，看過了。對，我正打算找你聊這件事。」

「企劃書？喔，對耶，你好像說過你想成為企劃設計師。」

岩谷希望能在這家公司得到企劃設計師的職位。之前說過為此必須撰寫遊戲企劃書拿給公司過目。

「對啊對啊。難得有這個機會，我想在應徵之前先讓公司人員看過我的企劃書。」

「喔，原來如此。」

很懂得善用自己的立場。

「那麼，你覺得我寫的企劃怎麼樣？」

看來要請人評論自己的作品難免會有點緊張，岩谷儘管臉上有三分酒意，神情仍然一反常態地僵硬。

「嗯，以企劃書來說我覺得寫得不錯。格式也沒問題。但是內容還是有待改進，應該說奇幻ＳＬＧ這種遊戲類別有點缺乏新意。」

「這、這樣啊……」

看來是受到了嚴格的指摘，岩谷露出明顯的失望表情。不過他可能早就有心理準備了，心情振作得很快。

「既然寫法沒錯，我是不是該再寫一份別的企劃比較好？」

「嗯──這就難說了。如果只想以企劃書取勝的話，專注在這點上或許比較好。但還有另一個方法，就是再準備個附檔。」

「附檔？像是遊戲規格書嗎？」

「這也是個方法，但更好的方法是照著這份企劃書自己做一款遊戲。或者也可以附上精細繪製的角色圖像。」

「製、製作遊戲？就一個人？」

岸嶺忍不住插嘴了。他光是做除錯工作不到一個月的時間，就已經體會到遊戲製作的辛勞。想要一個人完成一款遊戲，其辛苦程度恐怕非同小可。

「不會，其實有滿多人這麼做的。畢竟企劃書只要有心誰都能寫，如果有企劃以外的項目可以做自我宣傳會非常有利。」

「是，我懂。」岩谷嚴肅地點頭。「簡單來說，就是要讓面試人員知道我除了企劃書之外，還會寫程式或是有繪圖才能對吧？」

「沒錯沒錯。之前我可能已經說過，我們的工作其實主要不是想遊戲點子，而是去跟程式與美術人員下跪拜託他們修改設計。如果對程式多少有點了解，在跟程式設計師下跪的時候會很方便，公司會覺得你很有用。」

都是以下跪為前提啊——岸嶺心裡有種莫名的欽佩感。

「我明白了。我多少懂點程式，會盡力試試看。」

「嗯，那好好加油喔。可能要辛苦你了。」

看著兩人的談話，岸嶺忍不住想提出一個疑問。

「我想請問一下。我在打工除錯的時候就在想，製作遊戲真的很辛苦，對吧？快要進廠壓片的時候大家更是忙到快死掉。」

「是啊，雖然已經習慣了，但每次都弄到屍橫遍野。」

這麼可怕的字眼，卻被志野塚講得好像沒什麼似的。

「但就我看起來，這裡的所有人還有岩谷先生，都像是做得心甘情願。製作遊戲是不是真的很有樂趣？」

這是他一直放在心裡的單純疑問。

雖然只是作為一介除錯員，但岸嶺親眼目睹了遊戲的製作現場。那些神情活像行屍走肉般巴著電腦不放的工作人員，豈止沒有個人時間，根本只能勉強挖出時間在桌子底下睡覺。

他們寧可這麼辛苦，也要製作遊戲。除非製作遊戲有著不小的魅力，否則沒人辦得到。

「當然有樂趣了。」

志野塚講得若無其事。

「雖然要做什麼樣的遊戲，大多都是由監督或總經理之類的上司來決定，但是看到採用了我的一兩個點子的遊戲一天天逐漸成形，的確是一大樂事。」

「哦……」

這番話確實引起了岸嶺的興趣。

岸嶺是高三生。即使接下來準備進大學，到了這年齡也該考慮未來出路了。作為一種就業選擇，成為遊戲開發者或許也不錯。

「不過，我不建議只是愛打電動的人成為遊戲開發者喔。況且大家都說興趣與職業最好分割開來。」

志野塚似乎想起了不好的回憶，神情變得像是有苦難言。

「事實上每到準備進廠壓片的階段，大家都會把『乾脆辭職算了』掛在嘴邊。如果推出的遊戲賣得好還好，要是被說成糞作的話公司還會面臨倒閉危機咧。」

這種話讓現任遊戲開發者志野塚來講太有真實感了。或許是因為這樣吧，不只岸嶺，就連想在遊戲公司就職的岩谷都不禁默然無語。

「啊，不小心說溜嘴了。抱歉抱歉，每個人都有自己的人生嘛，誰也不知道自己最適合什麼行業，別把我說的話放在心上喔。」

「說、說得也是。抱歉，一直都在聊我個人的就業問題。換個話題吧，呃……對了，本來不是正在聊電玩大賽的事嗎？」

岩谷可能也覺得這個話題不適合繼續聊下去，突然換了個話題。

岸嶺是覺得不用勉強聊到自己身上——但既然兩人都很想換話題，這時候配合他們或許對

大家都好。

「對啊對啊，岸嶺同學你在ＪＧＢＣ的成績怎麼樣？」

「這個嘛……我們的隊伍最近都打不贏，正在想辦法。畢竟現在是暑假期間嘛，有太多強悍的隊伍參加比賽了。」

「啊──我懂我懂。在那些比賽當中名列前茅的真的都是怪物。甚至讓我覺得地球人不用前進宇宙就會演化出新人類了。」

「別鬧了啦，志野塚先生。這樣吉翁主義都沒機會登場了。」

岸嶺聽不太懂，但岩谷疑似吐槽的發言引得志野塚哈哈大笑。

「玩笑就開到這裡，話說你們團體戰打不贏，我猜一定連帶引發了很多問題吧。例如維持動力之類的。」

「是啊，真的。而且好像就屬我最會扯大家後腿。」

「哦，真沒想到。你在除錯的時候，明明玩得比我還好的說。」

那不是我厲害，是岩谷先生你太弱了──當然這話他沒說出口。

「要是我們的網球遊戲能變成ＪＧＢＣ的比賽項目就好了。你現在應該是全世界最會玩這款遊戲的玩家吧。」

「啊，這倒是。」

現在全世界鑽研那款網球遊戲最深的，八成就是岸嶺以及一起除錯的岩谷了。而岸嶺在對戰時從沒輸給過岩谷。說自己是目前世界上這款遊戲的最強玩家或許並不為過。

話雖如此，那款網球遊戲還要再過一陣子才會發售。更何況網球遊戲無法讓四人參戰，能否成為團體戰的比賽項目還有待商榷。

「說到這個，岸嶺同學你當然平常都有在練習打電動吧？」

志野塚問道。

「有，這是當然了。」

「你都是怎麼練習的？就是跟人對戰？」

「這個嘛，有時會跟隊友對戰，也會跟認識的隊伍打練習賽。」

「也是啦，一般大概都是這麼做。但你如果想加強某個部分，與其只跟熟人一起練習，我認為最有效的方法還是向高手求教。不只是電玩，這點在運動或學習上也適用。」

「啊，我也這麼認為。」岩谷也跟上話題。「有些高手玩家甚至厲害到好像玩的不是同一款遊戲，層次完全不同。」

「嗯——但我覺得跟隊友互相切磋琢磨也不錯。」

「這當然是最理想的狀況。可是，其實不只限於電玩方面，初學者走過的路，高手一定也都走過。所以比方說有些初學者必須注意的地方，高手可以立刻給你答案，但如果只認識水準

相當的熟人，不就得花更多時間才能找到答案嗎？」

「的、的確……」

講得有道理。例如之前比ＳＳＦⅣ ＡＥ時，他請電競選手擔任過家教，還記得對方提供了許多建議，幫了他非常大的忙。

「所以還是請個專業的教練比較好？」

「我是覺得最好這麼做，無奈在日本比較沒有這種習慣。」

「就是啊……我是有認識電競選手，但對方的專業領域是格鬥遊戲。而我們目前想贏的是ＢＦ４的大賽……」

「對喔。現在日本的格鬥電競選手越來越多了，但ＦＰＳ還在發展階段。雖然是有幾名玩家嶄露頭角啦。」

「什麼東西？你們該不會是在聊勒斯特的事吧？」

程式設計師柊說著奇妙的名詞，一手拿著帶把啤酒杯加入了對話。他同時也是《宵闇之魔術師》的朋友，岸嶺在擔任遊戲測試員時也受過他多方照顧。

「啊，你好。好久不見了。」

岩谷立刻打招呼。岸嶺也跟著急忙低頭致意。

「你、你好。之前承蒙關照了。」

「嗨，打工組。看你們好像過得不錯啊。真的謝謝你們上次幫忙除錯。」

這或許只是客套話，但得到感謝仍然讓人高興。打工的時候也是，岸嶺深切感受到這種不經意的細心舉動或許才是社會人士的必備技能。

「柊哥，勒斯特是什麼？」

志野塚拋出單純的疑問。

「什麼，你不知道啊？就是一個在nico動還滿有名的FPS玩家啊。」

「哦，FPS玩家啊。」

目前正以BF4大賽為目標的岸嶺，聽了頓時興味盎然。

志野塚像是忽然想起來似的搥了一下手心。

「對耶，我在每日排行榜看過好幾次她的影片。怎麼會忽然提起她來？」

「她跟我聯絡說隸屬的隊伍很快就會得到贊助商，成為職業電競選手了。才十八歲耶，厲害吧？」

「哦！那還真是厲害。有廠商贊助就表示是真的很強吧？」

志野塚顯得欽佩不已。

職業的FPS玩家。這正是岸嶺苦苦尋覓的高手。

「不好意思，請問柊先生跟那位玩家認識嗎？」

「嗯？是啊，我們以前常常一起打電動。」

「那個，如果可以的話，能不能請你介紹我們認識？」

「是無所謂啦。怎麼，你該不會是她的粉絲吧？」

「岸嶺同學說他最近在組隊參加ＪＧＢＣ。」志野塚伸出援手，幫岸嶺做解釋。「但最近好像陷入瓶頸，所以我就建議他請一位職業家教。」

「喔，是這麼回事啊。那我可以幫你拜託看看。她既然要成為電競選手，應該會想練習怎麼教別人遊戲技巧。不過請電競選手幫忙是要付錢的喔？沒問題嗎？」

「沒問題，我打算把打工剩下的薪水全部用在這裡。」

「是喔。那我明白了，明天回去我就幫你說一聲。」

真是意外收穫。看來做餅還需做餅人，練遊戲本領還需電競選手。事情如果順利，就能在下次ＢＦ４大賽開打之前得到絕佳的練習機會。這麼一來岸嶺就不用再當豬隊友，社團最近連戰連敗而變得比較消沉的氣氛或許也能煥然一新。

可能是得知了遊戲開發者這個可作為將來出路選項的目標，更棒的是還有機會讓人介紹他跟電競選手認識，心裡懷抱多時的一個煩惱得到解決的關係吧。

後來在酒局上，岸嶺度過了一段還算滿開心的時光。

1

成為勒斯特贊助商的公司為旗下的電競選手準備了一間練習室，岸嶺在這裡與她碰面。

（這、這位就是年僅十八歲的職業ＦＰＳ玩家！）

對方是一位綁起馬尾頭很好看的女性。該說是模特兒體型嗎？個頭高挑但身材線條纖細。聽說她現年十八歲，但整體氣質比自己成熟太多了。不愧是在多場激戰中出生入死的ＦＰＳ玩家。

「妳、妳好。今天請妳多多指教，我叫岸嶺健吾。」

跟這樣的人物見面，不管是第幾次都很難習慣。岸嶺渾身僵硬地低頭致意。

至於勒斯特，則是隨和地舉手說了：

「很高興認識你，我是勒斯特咪喲！」

「…………」

岸嶺無言了。一般俗稱御姊型的勒斯特，講出的第一句話竟然是「咪喲！」。未免也太語不驚人死不休了。

「…………」

岸嶺無言以對，只見勒斯特的臉色越變越紅。

「抱、抱歉。可以請你當作沒看見嗎？」

這次換成了符合外型、有點酷酷的聲音。

「啊，沒關係，不好意思。我只是一時不知道該怎麼反應。」

「這、這樣啊。抱歉，我也是才剛出道成為電競選手，還是個生手，拚了命想給自己塑造形象。」

「喔，塑造形象啊？」

「是啊是啊。參加表演活動或是遊戲實況時不得已只能用原本的說話方式，但在這種私人場合換個跟平常不同的形象，說不定可以用反差衝人氣。所以我就想說乾脆在語尾加個『咪喲』看看。」

想到她拚命思考要用什麼語尾，岸嶺忍不住噴笑出來。也有可能這是她幫助岸嶺放鬆的方式，至少他覺得緊張感減緩多了。

「原來是這樣啊。謝謝妳這麼體貼。沒關係，用妳喜歡的方式說話就好。」

「是嗎？那總之就來談遊戲的事咪喲。」

「…………」

「知道了，我先不用這個語尾就是了，別露出這麼複雜的表情。我想想，總之只要教你ＢＦ４的打法就行了吧？」

「啊，對。麻煩妳了。想請妳教教我玩ＢＦ４的訣竅，或是該怎麼練習才能玩得更好。」

「這是我最擅長的領域。請到這邊來。」

勒斯特笑了笑，把岸嶺帶到設備前面。

在這遊戲間裡，電競電腦、顯示器以及ＰＳ４等器材一應俱全。不只有遊戲相關的設備，也有攝影機等各種攝影器材。

「連攝影機之類的都有啊。是不是要錄下遊玩過程用來複習？」

「嗯？噢，不是，這是直播遊戲實況用的。會把我的遊玩過程拍成實況影片上傳到niconico直播或Twitch播出。既然已經成為電競選手就得增加曝光率，否則很快就會被忘記了。」

「聽起來好辛苦……」

一旦成為職業人士就得有粉絲，否則事業做不起來。靠人氣吃飯感覺不是件簡單的事。

「回到正題。總之現在玩遊戲所需的設備都有了……但還是先講解理論吧。你說你希望能把ＢＦ４玩得更好，換句話說就是想加強ＰＫ的實力對吧？」

「是，就是這個意思。」

「那麼一開始我要先教你一件事。首先真人對戰基本上就是爾虞我詐，只要能給對手來個措手不及就能贏。希望你能記住這一點。」

瀨名老師也常常把類似的事掛在嘴邊。

尤其是FPS又稱為「一個大意就會被開槍打死的遊戲」。

「是，我懂。就算對方是高手，只要能用奇襲的方式先下手為強，即使是外行人也能簡單獲勝。」

「既然你明白這個道理，再來就不難了。所以首要條件是你得學會如何欺騙對手。另外一個重點，就是掌握遊戲的特性。」

「特性？遊戲還有所謂的特性嗎？」

「也是，說特性可能不太好懂。該說是每款遊戲特有的設計嗎……哎，總之我一件件向你說明。例如BF4不用說，幾乎每款FPS遊戲都有大小地圖對吧？」

「對，都有。」

小地圖就是常置於畫面角落等處、以玩家角色為中心的地圖，會顯示附近敵我雙方的位置，以及角色面朝的方向等等。大地圖則是按下選擇鈕等按鈕叫出的地圖，能夠俯瞰戰場全境。舉例來說，在著重於個人擊殺數的殊死戰等模式比較重視能夠確認附近敵人位置的小地圖，但如果是爭奪據點的搶攻等模式，能夠觀察整體戰況的大地圖就變得更重要。

「例如在小地圖上，顯示出大約五十公尺外有個敵人。這時你會怎麼做？」

由於開槍或踩中雷達等機關，使得敵人在小地圖上敗露行跡是ＦＰＳ的常見情境。

「咦？我想想，五十公尺是吧……」

只是五十公尺這種距離，對使用衝鋒槍的岸嶺來說有點難應對。在ＦＰＳ當中先下手為強就是有利，但也有可能狙擊失敗而沒能讓對手死透。而一旦擊殺失敗，自己的位置就會因為槍聲而敗露，反而陷入不利局勢。況且岸嶺的槍法——也就是快速將槍口瞄準目標的技術還有待精進。

「哦，看來我給了你一個難題。其實這是個陷阱題，你在想答案之前應該先問我幾個問題。例如配備的是什麼武器，或是敵人面朝哪個方向。」

「啊，說得也是……只要有狙擊槍或消音器之類的裝備，情況就整個不同了……」

用衝鋒槍很難狙擊五十公尺外的敵人，但換成附有消音器的槍械，即使開槍也不會暴露行蹤。總之先開槍再說也是一種選擇。

「沒錯，還有周圍有無其他友軍也很重要。如果有友軍在，不開槍只標記也是個辦法。」

「對喔，還可以標記。我都忘了……」

ＢＦ系列有著所謂的標記功能。例如ＰＳ４版ＢＦ４的話就是把敵人放在畫面中央，然後輕按Ｒ２鈕。這樣就能讓所有友軍知道那個敵人的位置。

「不過這次就假設周圍沒有友軍，使用的是無消音器的衝鋒槍吧。還有，假設敵人沒有朝向你。」

「如果是這樣的話，我想我會從背後靠近敵人，取得射擊位置後就進行狙擊之類。」

「我想也是。那麼，假如敵人面朝你這邊的話呢？」

「這就難了……這種距離很難用衝鋒槍做狙擊，所以我大概會先逃離敵人的視線範圍，然後一面靠近一面丟手榴彈之類的吧。」

投擲手榴彈的動作不會顯示在小地圖上，可以當成不錯的偷襲。當然不能保證這樣一定能擊倒敵人，但可以藉由讓敵人逃離手榴彈的方式強迫他離開原位。這樣就有機會進行別種攻擊了。

「很好，不錯的選擇。不過建議你可以加進新的行動模式來欺騙對手。舉例來說，開槍會讓對手知道你的位置與面朝的方向，但你可以反過來利用這點。」

「呃，也就是說，故意讓對手知道我的位置？」

「沒錯沒錯。舉例來說，你可以背對敵人開個幾槍。這麼一來，敵人當然會以為找到了背對自己的肥鵝對吧？」

「啊，對喔。也就是說，可以用這種方式誘騙敵人……？」

「沒錯，因為埋伏在ＦＰＳ遊戲裡最有利了。然後你只要在原地埋伏，擊殺笨笨地跑來的獵物就好。」

岸嶺由衷感到佩服。原來這就是欺敵戰術。

「可是，有辦法知道自己在敵人的小地圖上顯示多久嗎？」

畢竟顯示在敵方畫面上的小地圖，自己是看不見的。背對敵人開槍後，也無從得知要如何掌握移動的時間點。

「這很簡單。以ＢＦ４來說，自己開槍時大約會在對手的小地圖上顯示一秒鐘。只要掌握這點就簡單了。」

「我懂了，這就是妳剛才提到的掌握遊戲特性嗎？」

「對，由於可以採用這種戰術，可以說掌握遊戲特性才是最重要的課題。其他像是槍械的傷害量、後座力與連射性能等基礎知識不用說，把通訊延遲——簡單來說就是 Lag 的時間記起來也會很方便。」

「連 Lag 也要掌握啊……」

即使是以光速傳輸，網路對戰難免還是會產生 Lag。由於自己在遊戲裡的動作多少得花點時間才會實際反映在伺服器上，偶爾會發生在畫面上分明是自己先開槍，結果卻反被敵人擊倒的狀況。

「其實也不只是ＦＰＳ，所有一次得讓幾十甚至是幾百人對戰的遊戲，通訊的 Lag 狀況都很嚴重。」

「我想也是。像ＢＦ４還是六十四人對戰呢。」

「這麼一來，比起埋伏——也就是俗稱的龜點，突擊或是衝鋒之類的打法多少比較容易占優勢。換個說法就是從通道暗處衝出來殺向敵人的打法等等。這是因為角色的移動資訊在伺服器上難以即時更新，所以當埋伏的一方看到敵人衝過來時，有時候可能已經掛了。」

「我好像可以理解。」

可能是以前聽杉鹿解說過ＦＰＳ相關知識的關係，這段話他還跟得上。

「那麼在玩ＢＦ４這種多人遊戲時，是不是該採取以衝鋒為主的打法？」

「要看狀況。例如離敵人比較近的時候，衝鋒打法大概比較有利。但相反地如果距離較遠，就算多少有點 Lag，埋伏常常還是比突擊有利。」

「原來如此……」

邊移動邊狙擊是高難度的技巧。假如距離近到不須狙擊、用腰射就能打中的話，加上 Lag 可能會讓突擊的一方比較占優勢。但換成需要狙擊的距離，的確就算多少有點 Lag 可能還是埋伏比較強。

「講得明白點，有利與否會隨著情況而有著千差萬別。自己裝備的槍械、自己的本事或是周圍敵我雙方的位置不同，最有效的手段也會有一百八十度改變。但建議你還是把能夠帶來優勢的條件記起來。」

「我明白了。總之把遊戲特有的設計掌握清楚就對了吧？」

「就是這樣。在關鍵時刻發揮作用的經常是這類知識，而且單純的知識想學多少都行。順便講個題外話，你有聽過 Ping 吧？」

「聽過，就像是通訊速度的一種指標對吧？」

這種 g 不發音、念作「乒」的數值，簡言之顯示了主客端之間的距離。越小就表示來自主機的回應越快。

「我主要都是玩ＢＦ所以用不到，不過如果是那種享受捉對廝殺樂趣的ＦＰＳ，聽說有些人會在開始之後立刻掌握 Ping 的數值，先算出誤差再進行對戰。」

「誤差……！頂多也就是幾分之一秒對吧！連這都有辦法掌握嗎！」

「有的人就是有辦法。但我個人認為 Ping 這種數值每次對戰都不一樣，想那麼多也沒用就是了。」

據說格鬥遊戲當中有些玩家能看穿人類肉眼理應不可能掌握的六十分之一秒。她的說法或許也不是完全不可能。

「好，下一個重點……應該還是槍法吧。畢竟不管是要埋伏還是衝鋒，沒有這個本領就一切免談。」

「我想也是……其實我槍法不是很好，到現在還是不太會狙擊遠處的敵人，所以都是衝鋒槍腰射。」

腰射無法進行精確射擊，因此在遠距離交火時完全派不上用場。不過一邊瞄準一邊移動會拖慢移動速度，腰射就沒有這個缺點了。因此有些時候衝到敵人面前掃射一通的戰術，對高手玩家其實也意外管用。

「別擔心，衝到敵人面前擾亂戰線也是非常重要的任務。除非只是亂衝一通幫對方增加死亡數，那就蠢斃了。」

「對、對吧？只要抓好時機就還不賴吧？」

「只是……這讓我想到剛才我拿五十公尺外的敵人舉例時，你說你會選擇靠近而不是狙擊對吧？」

「對，我想我不會開槍。開槍也不知道打不打得中，況且如果沒殺死就會白白暴露自己的位置了。還是應該先打再說嗎？」

「要看狀況。例如在爭奪據點的搶攻等模式中，如果正在偷偷占領據點的話或許應該避免胡亂開槍。但如果是其他狀況，建議你盡量掌握開槍的機會。就算不能擊倒對手，好歹能中一槍的話其他隊友或許會幫忙補槍，敵人在傷害恢復之前也有可能動不了。最重要的是可以當作練習。」

「可是，假如這樣導致自己的位置穿幫，敵人靠近過來的話呢……？」

「這你要反過來想。敵人靠近過來，同時也是設下埋伏的好機會。只要留意每次開槍後不要停留在原位，而是移動到易於迎擊的地點，擊殺機會反而會增加才對。」

「原來如此……我懂了，配合這種狀況運用妳剛才教我的『背對敵人開槍射空氣』之類的技巧，應該會很有效果。」

「就是這樣。即使是自己的槍聲，懂得運用就能當成工具。總之不管怎麼做，只有標記動作絕對不可少。這樣就算自己擊殺不了，也許有哪個隊友可以下手。不過這方面的取捨，就真的得看經驗了。」

「所以到頭來最有用的還是經驗吧……」

這是所有遊戲的共通法則。就這層意味而論，現代遊戲社至今採取能參加哪場大賽就去參加的方針，或許一點也沒錯。

「有點離題了，回來繼續談槍法吧。ＢＦ４是沒辦法，不過如果純粹只想練槍法，有些人認為打ＢＯＴ比真人對戰有用。」

「打、打ＢＯＴ……？ＢＯＴ指的就是ＮＰＣ，對吧？」

「對，就是所有敵人都是ＮＰＣ的單人模式。它是離線模式，所以不會有Lag的問題。而且也不用等其他參加者到齊或是花時間同步，所以開始與結束都非常順暢。」

「原來如此，的確很適合用來練習槍法。可是真人對戰真的不適合嗎？雖然我明白要湊齊人數很麻煩。」

「真人對戰當然也能練槍法。只是，槍法是需要反覆練習的。就從練習這個觀點來看，或許是打BOT比較好。」

在多人模式下，又要等人加入又要同步又要讀取，每場遊戲都得等上很長時間。相反地，開始結束都很輕鬆的BOT對戰的確比較適合進行反覆練習。

「況且在真人對戰當中，將計就計或是預測對手的行動比槍法更重要。反而是猜不透想法的BOT更適合用來練槍法。」

這個回答讓岸嶺恍然大悟。

「我懂了。真人對戰有固定的法則……例如在某種情況下應該這樣一邊瞄準一邊移動，但BOT對戰可能就沒有什麼法則了。」

「就是這樣。你可以先用真人對戰累積臨場經驗掌握玩家心理，想更上一層樓的話再打BOT集中鍛鍊槍法或許很有效。不過把全副心力放在真人對戰上當然也行。」

「我明白了，等我覺得槍法技巧有待加強時就來試試看。」

真人對戰技巧與槍法技巧互相比較，可以說要能跟真人對抗才能談槍法，也可以說要有槍法才能學習對抗真人，兩者缺一不可。

「好，總之理論就講到這裡吧。岸嶺同學你有沒有什麼想問我的？」

「我嗎？」

仔細想想她會這麼問很合理，但岸嶺沒想到什麼問題。把ＦＰＳ玩得更好的訣竅她已經教過了，也就是鍛鍊真人對戰技巧與槍法技巧。不過說歸說，倒也不是完全沒有問題可問。

「對了，請問賭運氣的戰術在ＦＰＳ也適用嗎？」

「嗯？賭運氣？什麼意思？」

「以前格鬥遊戲的電競選手曾經教過我，如果初學者想打贏高手，賭運氣也是一種方法。就是咬定對手接著一定會做出這種動作，然後把一切賭在對應的反擊上。」

勒斯特恍然大悟地點了個頭。

「原來如此，有意思。對，這種技巧在ＦＰＳ也的確管用。例如以ＦＰＳ來說，如果在準備投擲手榴彈時遭到攻擊，再厲害的高手都一樣束手無策。假如無論如何都想贏過高手的話，把一切賭在單一可能性上也是個辦法。但你必須把那當成不得已的最後手段，盡量不要去依賴它。」

「啊，是，說得對。每次都賭運氣就練習不到技巧了。」

「不過這個想法是挺有趣的。因為實際上在打ＦＰＳ的時候，最後也常常是機率問題，或者可以說是一種賭注。但是靠機率取勝應該擺到最後，在那之前則基於經驗推測該做的行動。例如……這樣吧，你想像一下敵人出現在十公尺左右前方，雙方開火之後都沒能擊倒對手，然後直接躲到掩體後方的狀況。」

「是，這很常見。」

「在這種情況下，你會怎麼出招？」

「等敵人出來、丟手榴彈，或是主動出擊？」

「嗯，除非持有非常特殊的武器或是有其他隊友在場，否則基本上就這三種方法了。碰到這種情況會讓人很想賭一把，對不對？」

「是啊。如果是我的話會接受三分之一的機率從裡面選一個。」

「但是賭運氣是最終手段，在那之前應該先用理論思考。比方說，如果自己只有這三種選擇，你必須想想敵人會採取何種行動。」

她所說的每一句話都很合理。

「嗯——……敵人能採取的行動啊。可是敵人應該也跟我一樣吧？只能等待、投擲手榴彈或是進攻。」

「對，以辦法來說就這三種。但換作是我會再多加一個想法，例如與我對峙的敵人是新手還是老手。不過前提是必須事前調查過對方的等級，掌握到資訊。」

很多FPS遊戲會替每個玩家設定等級，大多都可以在遊戲裡自由閱覽。像JGBC這種電玩大賽姑且不論，在線上模式想知道對方是不是新手並非不可能。

「喔。那麼假如事前掌握資訊，知道對方是新手的話……？」

「在這種情況下我會積極採取行動。因為新手都不擅長移動同時瞄準，總是喜歡選擇等待。正面衝向守點的對手太魯莽了，所以是我的話會用走位嘗試攻擊敵人的側面。這樣就算被埋伏也有可能靠機動力玩弄對手。」

「原來如此……那麼，假如對方是老手呢……？」

「首先要從對方是不是我認識的玩家來判斷。我認識的玩家行動上大多有個人習慣，我可以從統計數字……或者說推測來行動。最難對付的是我完全不認識的老手玩家。你如果要參加ＪＧＢＣ，最常遇到的應該會是這種狀況。」

「是的，我想也是。」

在ＪＧＢＣ不會知道自己碰上誰，角色也沒分等級。假設是擠進決賽的對手的話當然可以斷定為老手，但初賽就無從判斷對手的本領了。

「即使如此還是有可供參考的資訊。首先是對手持有的武器。只要知道是突擊步槍、散彈槍還是輕機槍，就能推測出很大一部分的行動。」

「原來如此。散彈槍的話可能會衝過來，輕機槍的話就可能會守點了。可是對手的武器要怎麼分辨……？」

「這也要看事前資訊。有的遊戲會顯示擊殺紀錄，如果能事先看過以了解對手至今的戰鬥方式，應該多少可以猜出使用的武器。假如打法是以衝鋒為主，應該會用突擊步槍或衝鋒槍，否則就是輕機槍或狙擊槍。」

「這、這不會太難了點嗎？在混戰當中還要掌握對手的武器？」

「是沒錯。再說，就算知道武器用的是狙擊槍，對手也可能換持次要武器的手槍攻擊你，所以最後還是得看機率。但我要說的是，在進入機率戰之前的階段，初學者只要累積經驗並理解其中原理，一樣有的是辦法對應。所以你把這些記起來不會吃虧。」

「所以真人對戰永遠都是雙方爾虞我詐就對了……」

首先按照理論猜測敵人的行動，再建構出用來因應的適當手段。她說了半天其實就是這兩句話。

2

後來在勒斯特的「總之我一邊實際玩給你看一邊解說吧」的提議下，兩人開始玩起ＢＦ４。

她用事前準備好的ＰＳ４啟動ＢＦ４，隨便找個伺服器進去開始玩遊戲。

「果、果然厲害。」

她才剛開始玩遊戲沒過五分鐘，岸嶺就不禁說出了這個感想。

她的打法用一句話形容，就是極其流暢。例如岸嶺在玩ＦＰＳ的時候，連衝刺都會撞到障礙物而時時停下腳步，槍法也很差，因此每次發現稍有距離的敵人就得慢吞吞地原地踏步，浪費一堆子彈。

但換成她來玩，大概是早就把地圖摸熟了吧，停步的時間壓抑在最小限度。障礙物再多一樣可以漂亮穿越，槍法當然也十分了得，吸力超強地把敵人接連不斷放在視角中央，一一射穿。而且駐足開槍的時間壓縮到極短。如果能有她這種身法，光靠這項本事就能大幅減少中彈機率。

「這樣都還不夠好，我的主戰場是電腦版。其實我已經很久沒用手把玩ＦＰＳ了。」

「這樣還叫不夠好？我怎麼看都覺得妳席捲全場……」

「還好啦，因為我以前是以ＰＳ３為主。況且無論是用手把還是鍵盤，立回都是一樣的。」

岸嶺重新體認到，立回的確是玩ＦＰＳ最重要的要素。

而且她的厲害之處，還不只在於立回與槍法。

例如在ＢＦ４當中，所有建築物都可以用砲火或炸藥破壞。勒斯特像是要徹底活用這項特徵般……

「啊，這裡有敵人。」

說完就隨手往牆壁發射ＲＰＧ。結果牆壁後方還真的有敵人在。

敵人鐵定也沒想過自己會被人隔牆攻擊吧，她就這樣偷襲成功，悠哉地替換武器擊倒敵人。

或者是……

「啊，這裡會有敵人出現。」

說完，明明就連雷達都沒顯示出敵人的半點蹤影，她卻把槍口朝向某個建築物的出入口前方，結果還真的有敵人現身。埋伏打法在ＦＰＳ很占優勢，她當然就這樣輕鬆擊倒了敵人。

「妳怎麼會知道哪裡有敵人或是敵人會出現！簡直像變魔術一樣……！」

「不，這不是在變魔術。只要仔細看清楚，應該可以提早發現敵人的蹤影才對。」

「不可能吧……！我也在看著同一個畫面，可是完全沒看到類似的徵兆啊。」

「是嗎？那既然正好打完一場了，我們來看看剛才的過程錄影吧。」

「啊，妳有錄下來啊？說得也是，這裡設備好像很齊全。」

「不是，ＰＳ４不是有分享功能嗎？我是用那個錄的。」

「啊，對耶，好像有加入這項功能。」

ＰＳ４的控制器與ＰＳ３相比，追加了幾項新功能。其中一個就是SHARE按鈕。例如只要在遊玩過程中按下SHARE按鈕，按下按鈕前的大約五分鐘的遊玩過程就會自動錄進硬碟。所以在遊戲過程中如果玩出想跟他人分享的精彩玩法或是烏龍玩法，只須按下SHARE按鈕就能輕鬆保存影片了。

「原來如此。我聽說這本來是用來分享影片的功能，但也不是非得分享不可嘛。」

「是啊，也可以用來檢討自己的玩法。無論是誰的玩法，精細分析遊玩影片總是可以學到很多，所以是一種非常方便的功能。」

遊戲主機的進化方式似乎是千變萬化。想播放遊玩影片也很簡單，勒斯特立刻就在ＰＳ４上播放了剛剛錄下的影片。

「畫面好清晰喔……」

數位影片的的檔案總是相當大，要即時錄下高畫質影片並非易事。然而播放的影片畫質卻非常好，簡直就像即時遊玩畫面一樣。

「嗯，看來拍得很好。你在意的應該是這個地方吧？」

畫面上播出她隔牆對敵人發動奇襲的場面。

「對，就是這裡。妳看，妳發射火箭筒之後不是真的有敵人嗎？這妳是怎麼知道的？雷達又沒有顯示。」

「這個是聽出來的。喏，聽得見嗎？」

說著，她把影片稍微倒轉回去一點。

「你聽，剛才牆壁後方是不是傳來了喀的一下腳步聲？我就是以此判斷牆壁後方有敵人。」

「咦？抱歉，可以再重播一遍嗎？」

同樣的場面重新播放。可能是特別注意聲音的關係，這次他聽出來了。混雜在戰場的聲音中，的確有個像是腳步聲的聲響。

「是、是有聽見，可是光靠這麼小的腳步聲就能斷定敵人在牆壁後面嗎？更何況這是立體聲，應該只能聽出左右而無法分辨前後吧？」

立體聲是雙聲道。敵人如果來自右邊就會從右邊傳來腳步聲，左邊就是左邊，正面的話則是左右兩邊平均傳來聲響。但是這麼一來，正後方的聲響也會左右平均傳來，無法區分前後方向。

雖然聽說5．1聲道環繞音效的話可以顧及來自後方的聲響，但在JGBC當中，大多規定除了隊友對話用的耳機之外禁止使用私人器材。

「不，要從更前面的狀況判斷。首先你看看地圖。基本上BF4的敵人大多是從敵方據點重生。我現在是從正面攻進敵營，所以背後不太可能有敵人。況且我的背後還有友軍在。」

「我懂了，就算背後有敵人，友軍應該也會幫忙處理才對。」

「對。還有一點，就是這棟建築物原本就很適合埋伏，所以經常有敵人潛伏其中。在這麼完美的狀況下如果聽見不屬於友軍的腳步聲，當然立刻就會知道前方有敵人吧？」

「原來如此……！」

聽起來很合理。附近傳來的腳步聲、位於前方的敵軍據點、背後的友軍，再加上眼前經常

有敵人潛伏的建築物。湊齊了這麼多要素，或許的確可以推測牆壁後方有敵人在。

然而岸嶺驚訝的不是這點。

「妳在那麼短的一瞬間做這麼多判斷，然後裝備起火箭筒射牆壁……？」

「這沒有很難。不是聽說將棋的棋手，能夠在一瞬間內預測幾十步之後的發展嗎？多累積經驗然後反覆練習就會了。」

「……………」

這讓他想起念小學的時候，有個學算盤的同學。其他小朋友被三位數加法弄得七葷八素時，只有那個同學解題速度快得嚇人，博得了滿堂喝采。

除了經驗與反覆練習，可能還得再加上適性這個要素，但ＦＰＳ或許就跟那個差不多。

「附帶一提，聽說採用立體音效的時候，有的ＦＰＳ玩家為了抓出敵人位置會原地轉圈圈喔。」

「嗄？原地轉圈圈？為什麼這樣能夠抓出敵人的位置？」

「道理很簡單。採用立體音效的時候，在敵人位於正面的狀態下順時針轉身，聲音不就會變成來自左邊嗎？」

「妳、妳是認真的嗎！不，我懂，如果敵人在正後方的話聲音就會變成來自右邊對吧。」

立體音效無法區分前後方向，但是可以區分左右，所以理論上來說他也知道有這種辨別方式。但他無法想像有玩家會在對戰當中，為了抓出敵人位置而原地轉圈圈。

「是啊，這種戰術大概只適用於一對一的時候吧。在六十四人對戰的ＢＦ４絕對不可能管用。」

「我、我想也是。」

單人對決的話他懂。如果只會聽見對戰對手的腳步聲，為了抓出方向而原地轉圈圈似乎可行。

「總之這個場面的原理我懂了，但另一個場面我還是不懂。就是妳預測敵人會出現，等著對方上門的場面。」

「噢，那個啊。那接著就來解釋那個情況吧。」

她播放了另一段影片。就是察覺到敵人即將出現的她，罕見地選擇埋伏的場面。緊接著敵人就真的出現，被她輕而易舉地收拾掉。

只是，整段過程完全成謎。假如是敵人一邊胡亂開槍一邊衝過來，或是有其他友軍做了標記讓敵人顯示在小地圖上就簡單了，但岸嶺重看一遍影片，仍然沒有發現半點類似的跡象。而且附近似乎正好有戰車經過進行激烈砲戰，以當下的狀況不太可能聽見腳步聲。

「妳看，就是這裡。雷達也不行，腳步聲也聽不到。妳是怎麼知道敵人會來的？」

「這個啊，光看這個場面是不夠的。記得線索應該在大約十秒之前。」

說著，她把影片倒轉回去播放。

「你看，這時我不是很快地開啟了一下全地圖嗎？」

「嗯，對啊。」

打據點爭奪戰必須隨時掌握戰況，因此利用少許空檔開啟全地圖瞄一眼掌握戰況屬於基本技巧。而在十秒鐘前，她的確迅速開啟了一下全地圖。

「這時可能是某個友軍做了標記，這裡顯示了敵人蹤影，你看。可以看到這個紅點吧？」

勒斯特指出了離自己位置相當遙遠的敵人紅點。

「對，的確有出現紅色反應。可是光看這樣妳就知道敵人會來？如果他正在往勒斯特小姐這邊過來的話我懂，可是距離這麼遠，不可能知道他接下來會往哪裡走吧？」

「不會啊。首先在據點戰當中，必須把重心放在如何有效率地移動。而除非對方是故意繞遠路，否則有效率的路線其實就那幾條。所以有時可以從雷達上的敵人標誌位置與方向推測他會走哪邊。」

「妳、妳說的就是這個狀況嗎？」

「對。而且這個敵人標誌一看就知道正在跑向A據點。所以我就趕緊在他的前進路線上埋伏了。」

「…………」

這個理論他懂。比方說如果對手想從A據點直線前往B據點，可以猜到前進路線一定是連結A與B的直線。基於這個預測，或許可以猜到敵人接著會出現在哪裡。

但她只不過是十秒鐘前迅速開啟了一下大地圖，就掌握了這所有資訊。況且十秒鐘在FPS是相當長的一段時間。岸嶺再怎麼了解這個道理，也不認為早在十秒鐘前就猜中敵人的前進路線是一件簡單的事。

「這就是拜真人對戰經驗所賜吧……」

「就是這樣。雖然槍法也很重要，但FPS最大的要素還是爾虞我詐。你必須累積經驗，然後磨練五感。啊，不對，味覺與嗅覺……還有觸覺都用不到，所以只有兩感才對。五感是言過其實了。」

「沒關係，我懂妳的意思。也就是說要善加利用所有資訊對吧？」

「就是這樣。輕微的腳步聲、槍砲聲，以及人類的行動模式，一切都是有意義的。你要把這些當成判斷因素撐到最後一刻，實在做不出決斷了才來依靠直覺，或者應該說成機率。這樣就能玩出令一般人無法置信的打法了。」

「……我完全聽懂了。雖然如果不了解其中原理的話，看起來就真的像是變魔術一樣。」

「是啊，其實全部都是很合理的。不懂其中原理的人常常會認為我們在開外掛。」

勒斯特苦笑著說了。

「外、外掛？妳說的外掛，就是修改遊戲內容之類的對吧？」

「對對。心術不正的傢伙永遠不會絕跡。儘管在公開的離線大賽不可能有這種事，ＦＰＳ界向來都有外掛工具的問題。例如自動幫你瞄準敵人的頭，或是讓牆壁變透明等等，一般稱為自動瞄準或是穿牆。所以光是預測到敵人會過來而稍微埋伏一下就經常會被當成開外掛。」

「那真是太過分了，明明就是基於理論採取的行動。」

「是啊。但是反過來講，你如果不懂其中理論的話，說不定看了也會覺得是開外掛吧？」

「應、應該不會吧。」

話雖如此，岸嶺看到她的打法的確覺得像是變魔術。只要換個想法，變魔術跟開外掛或許都差不多。

「那就好。但是這世上還有公司會販賣外掛工具，作弊災情層出不窮，給我們造成了很大困擾。岸嶺同學，你聽過一個叫馬的人嗎？一個ＦＰＳ玩家。」

「什、什麼馬？不，我沒聽過。」

「那你有沒有在 niconico 動畫上聽過一句名言叫『請打穿４號』……我看沒有吧。」

「咦？沒有，聽都沒聽過。那是什麼意思？」

「就是幾年前在ＦＰＳ界引起一股話題的影片。直接放給你看比較快。」

勒斯特拿出平板電腦開始操作。

「我找找，啊，就是這個。你看。」

「啊，謝謝。」

把平板電腦借來一看，影片已經開始播放了。

看起來像是在某場遊戲活動拍攝的影片。採用的遊戲是全世界銷售量居冠的知名ＦＰＳ系列之一。

活動的主旨似乎是讓家用ＦＰＳ玩家與電腦版ＦＰＳ玩家對戰，看看結果如何。或許也可以說成遊戲手把ＶＳ滑鼠&鍵盤。

然而，看來勝負在影片錄到的部分之前已經分曉，似乎是遊戲手把方的完全敗北。於是在這場「請射穿４號」影片的比賽當中，加上了新規定。亦即在單挑對決的狀況下，遊戲手把方只要奪得兩殺就算獲勝，至於電腦方則必須擊殺對手十五次才算贏，可說是十分偏頗的讓步對戰。

然而即使在這種條件下，電腦方還是狂虐了對手。以驚人的神準槍法秒殺對手不用說，甚至還能像是透視牆壁似的正確捕捉玩家的位置，出手攻擊。

才兩殺卻好像遙不可及。不得已，主辦單位只好在影片播到一半時，又多加了一個讓步。也就是讓一名叫做「馬」的ＦＰＳ玩家擔任顧問，加入家用方玩家的陣營。

從這時開始比賽就有了大幅變化。一般來說，ＦＰＳ的單挑對決相當重視探敵。本來可供

十二人以上使用的地圖現在只給兩人使用，光是要碰上對手都得費一番工夫。然而這個名叫馬的人物建議給得十分精闢，總是能精準地推斷敵人所在區域，以及會從哪裡出現。

家用方看似終於可以報一箭之仇了。然而電腦方的實力依舊強悍，憑著壓倒性的槍法接連取得擊殺數。

而就在家用方即將確定敗北時，馬又提供了新的建議。

『就是那裡，請打穿4號。』

會場頓時為之譁然。這時家用方的畫面上，顯示寫著「4」的巨大看板。

『咦？打這面牆壁？』

『對，請開槍打穿它，敵人已經過來了。』

在ＦＰＳ當中，較薄的牆壁可以擊穿給予穿透傷害。可能是聽懂了，家用玩家開始往寫著4的牆壁開槍。緊接著事情發生了。

正如馬的預測，敵人從寫著4的牆壁後方現身，攻擊過來。

最後結果是家用玩家完全敗北。但如果他相信馬的建言，更快速準確地擊穿那個「4」，或許還能報一箭之仇。

然而影片當中已經沒人在乎比賽勝敗了。為什麼馬能夠在廣大的戰場上，而且時機精確無比地知道敵人正經過寫著「4」的牆壁後方？對於其本領，現場叫好聲不斷。

「真厲害，這就是馬？」

「是吧？這個叫馬的人，其他還有上傳一些不像是人能玩出來的遊戲影片。可是有一天被人懷疑開外掛，聽說後來幾乎等於是退出江湖了。」

「哦，那真是可惜。妳說被懷疑，他是真的開外掛嗎？」

「天曉得？不過可以確定的一點是，這個『請打穿4號』只要了解原理誰都辦得到。岸嶺同學，換成現在的你應該看得懂吧？」

「呃，我想想──這個嘛，在4號看板這邊發生攻防戰之前，他們不是在另一座倉庫打過一場嗎？會不會是他知道從倉庫到這裡，一定要經過這塊4號看板的後面？之後就聽腳步聲計算時機之類的。」

「嗯，能知道這些已經很棒了。不過這個地圖本來可供十二人對戰，相當廣大。請問敵人為什麼不去其他地方，而是直接過來這裡？」

「咦……啊，對耶，他不可能知道這點。」

能給出「請打穿4號」這樣的建議，前提是敵人必須從前一個交戰地點直接趕過來。然而在被敵人擊倒的時候，地圖上會有好幾處重生位置。那麼PC方玩家是如何得知家用玩家的重生位置？

「這也很簡單。因為這款遊戲的重生點幾乎都是取決於自己與敵人的位置。例如假設在A

點擊倒敵人，敵人就會在Ｂ或Ｃ點重生。」

「原來是這樣啊。啊，是為了避免重生的瞬間又被擊倒所採取的措施吧。」

重生的當下很難掌握周圍狀況，是最容易被擊倒的時刻。因此常常會設計成自動選擇遠離敵人的地點作為重生點。

「啊，我懂了。這個叫馬的人就是因此得知敵人會直接來到這裡，才會給出『請打穿４號』這種建議……」

「對。只是這是單挑對決特有的戰術，在ＢＦ４是辦不到的。不過我想起來了，這種預測對手行動的技巧有個弱點。」

「弱、弱點？」

岸嶺不禁激動地追問。

這些資深射擊玩家怎麼看都像是無懈可擊。一聽到其中有弱點，岸嶺無法不問個明白。

「請、請務必教教我！」

「沒什麼大不了的。簡單來說這種預測對手行動的技巧，只會在對方是某種程度的老手時才管用。反過來說，如果對手是新手的話，有時會被反將一軍。」

「呃……是因為初學者會做出意想不到的行動嗎？」

「差不多。不過說歸說，能夠預測是因為大家都想求勝，太難預測的行動經常都是無法求勝的無益行動就是了。」

3

勒斯特放下了手把。

「好，大致上就這樣吧。」

岸嶺也看看時鐘，時間已將近晚上六點。等於是讓她花了半天時間當自己的教練。

「也是，謝謝妳教我這麼多。多虧妳的指導，我學到很多有用的知識。」

「很高興能幫上你的忙。那麼最後來複習一下吧，ＦＰＳ真人對戰的基本原則是什麼？」

「呃——隨時做好偷襲對手的準備，對吧？為此必須邊打邊推測對手的想法，應該就是這樣吧。」

「嗯，無論是正式上場還是練習，有這份認知就沒問題了。我有時候甚至會覺得ＦＰＳ指的搞不好是『偷開槍射玩家的遊戲（First-Person shoot by Surprise game）』呢。」

「我明白了，我會謹記在心。」

如何找出不在雷達上的敵人、如何藉由少許資訊抓出敵人的位置、如何偷襲高手玩家；岸

嶺向她學到了好幾項技巧。而且這些都跟槍法無關，靠知識與經驗就能活用。

「對了對了，我忘了講最重要的一件事。《戰地風雲》系列是職責分配十分明確的遊戲，這點在ＢＦ４更是格外顯著。無論是高手還是初學者，只要弄清自己的職責就能做出很大的貢獻。」

「啊，說得對。就算是初學者也可以幫忙補給彈藥或是設置地雷，多得是活躍的機會。」

「也就是說ＢＦ４這款遊戲，即使你只是初學者，只要記住基礎立回就能玩得開心。所以雖然可以體會你想累積臨場經驗鍛鍊本領的心情，但還是希望你先從享受ＢＦ４這款遊戲的樂趣開始。」

這番話深深感動了岸嶺的心。

第一步先享受遊戲的樂趣。想鍛鍊遊戲本領，這恐怕是最基本的條件。

「妳說得對，首先要能夠樂在其中才行。」

仔細想想，自從進入暑假以來，自己滿腦子只想著贏。遊戲應該是用來讓大家同樂的東西，岸嶺感覺自己連這麼基本的事情似乎都忘了。如果玩得不開心，再怎麼練習也不可能進步。

就這樣，岸嶺結束了收穫豐富的一天。

間章　天道的憂鬱

暑假的某一天。

天道由於學生會有事而提早來到學園，這時獨自來到了社辦。

就只是勉強借了一間空置的準備教室布置成的社辦。在這所貴族學校當中，這恐怕是最簡陋的一間社辦。

然而，如果有人問天道現在最喜歡校內的哪個地方，她會毫不遲疑地回答「這間社辦」。因為在這裡，天道可以盡情享受她喜愛的遊戲。更重要的是，這裡有和她一起享受遊戲樂趣的同好。

瀨名老師雖然只是臨時顧問，但在玩遊戲時總能提供有用的建議；杉鹿是隊友當中最可靠的一個；然後是岸嶺。一開始還不太可靠但每天都有進步，同樣是值得珍惜的社員之一。

和這些隊友共同奮戰的記憶，全都是彌足珍貴的回憶。

「所以，我絕不能失去這一切。」

理事長逼迫他們接受了那種條件。如果不能盡快讓社團做出亮眼的成績，現代遊戲社將面

臨存續的危機。

他們現代遊戲社在成立過程中已經備嘗艱辛。這所學校的老人們都對電玩不抱好感，認為這只是小孩子的玩具，不配成為學園的正式社團活動。殊不知電玩如今已經堪稱支撐日本經濟的產業之一。也不知道電玩在海外如同足球或棒球，已經逐漸被視為一種競賽。

岸嶺那件事不過是個契機。社團原本就只有幾名正式社員，假如不能在今年內做出某些成果，終究無法逃離廢社的命運。

但是，她不願這麼快就迎接廢社下場。如果可以，她想把這個社團留給學弟妹。在這個僵硬死板的前貴族女校，留下一塊能享受電玩樂趣的天地。

「下一場比賽，絕不能輸。」

所幸，ＢＦ４的練習還算順利。網路對戰也打得不錯，特別是岸嶺更是進步神速。岸嶺講得難聽點就是個初學者，但往好方面想就是有很大的進步空間。只要密集進行練習，實力必定會突飛猛進。杉鹿本來就擅長ＦＰＳ，瀨名老師則是雖然技巧普普但立回技術數一數二。ＢＦ系列除了戰鬥技巧，也很重視立回。瀨名老師的話不需要隊友指示就能有活躍表現。

「這樣如果還不能做出成果，就是我這個社長的責任了。」

天道已經擔任學生會長多年。這必須要長期受到眾多學生支持，多次獲選連任才能辦到。有時連她自己都不知道是怎麼辦到的。

有一次，學生會書記兼現代遊戲社的見習社員仁井谷告訴她：

「是社長向來作為眾人表率，從不逃避責任的態度受到支持。」

不可逃避自己應盡的責任。這是天道家的家訓，事實上她也從來不曾違背這句話。

在現代遊戲社也是一樣。下次參加大賽時，自己無論如何都得以社長的身分奪得勝利。天道重新如此發誓。

EP・1　奮鬥吧！遊戲測試員

EP・2　貴族女校的校規問題

EP・3　現代遊戲社的考驗

EP・4　爾虞我詐的心機遊戲

▶EP・5　戰地 前篇

EP・6　戰地 後篇

EP・7　逆襲的岸嶺

1

秋葉原的站前大樓。

此地在暑假期間每天都是人山人海，但這天可能因為正逢盂蘭盆節與週日，人潮比平時更洶湧。

「畢竟有幾百人參賽，會場果然擁擠不堪。」

可能是不敵這種酷暑與人擠人的場面，就連天道也失去了平時的氣魄。

「再加上秋葉原的這些傢伙，盡是些看了就嫌熱的貨色。」

杉鹿還是一樣講話尖酸刻薄。

「杉、杉鹿，妳這是偏見啦。況且這個季節無論去哪裡都一樣悶熱吧。」

萬一杉鹿說的話被人聽見，可能會招惹到別人。岸嶺急忙好言相勸，但杉鹿可不是會乖乖聽勸的料。

「才怪。秋葉原絕對是特殊環境，真的快把我給悶死了。」

岸嶺繼續努力打圓場，但有人輕輕把手放到了他的肩膀上。是瀨名老師。

「岸嶺同學你別在意！被杉鹿同學這樣的女生臭罵一頓，這裡的人反而會覺得是獎勵！」

「哪裡來的奇怪人種啊……」

雖不知道瀨名老師說的是否屬實，總之杉鹿的發言並沒有惹來什麼麻煩。

「在線下好久不見了，各位。雖然我也猜想遲早有緣再相遇，但沒想到竟然這麼快。」

既然有這麼多參賽者，當然也會遇到熟面孔。這時有人悠然自得地出現在岸嶺等人面前，原來是祇方院司。在她背後跟隨著其他隊員——甲斐原女學園的各位成員。

她是不久之前舉辦的校際電玩集訓大賽的主辦人，與岸嶺等人因緣匪淺。

「噢，原來是祇方院啊。好久不見了。」

天道神色如常地上前致意。

看到她的這種態度，岸嶺忽然覺得不太對勁。天道很喜歡「與過去的對手學校發生命中注定的重逢」之類的場面。跟競爭對手重逢應該會讓她更高興才對，今天的她卻毫無反應。祇方院似乎也有同樣的想法，對天道的平淡反應顯得有些困惑。

不過，至少祇方院的隊友當中，獨獨有一個人不會在意這種小事。

「哈哈哈！竟然偏偏碰上我們，你們也真是倒楣！」

就是擁有《疾風過境(Blast Wind)》這個誇張玩家名稱的甲斐原女學園電玩社社長。

「我是來討回《刺客教條》那筆帳的——！你們今天做好心理準備吧！」

「嗯，我們也有Civ5那筆帳要算。我很樂意接受挑戰。」

天道回答的語氣平淡到不自然的地步。

《疾風過境》或許把這當成了一種目中無人的態度。她更加挺起了胸脯。

「哈哈哈——！膽子不小嘛——！」

這時，祇方院把臉湊向岸嶺小聲說了。

「我問你，你們的社長，怎麼好像沒平常那麼有精神？」

「我、我覺得還好……可能是因為今天很熱吧。」

「中暑？也不是不能體會啦。」

似乎連祇方院也這麼覺得。岸嶺越來越不放心，覺得天道也許真的不在最佳狀態。

由於得辦理參賽手續等等，他們暫時跟甲斐原一行人告別。不過，大概不用太久就會再見面了。

「最近每次來JGBC都會見到熟人呢。」

「那是當然，我們也參加了不少比賽嘛！有競爭才有幹勁！」

就在杉鹿與瀨名老師這麼說著的時候，會場一角傳出了小規模的喧譁聲。

一開始騷動規模還小，只不過是部分參賽者看到進入會場的隊伍，稍微驚呼了一下罷了。

但騷動並未平息下來，反而還逐漸傳播開來。

「喂，那是……」「不會吧，為什麼！」「騙人的吧！來到這裡？」

參賽者們的這些聲音，不久也開始傳進岸嶺等人的耳裡。

「怎麼這麼吵？現在是怎麼了？」

「看來是某個知名參賽者到場了。」

天道回答杉鹿的疑問。

「知名參賽者？會是誰啊？」

岸嶺也在人群之中凝目細看。不知是幸或不幸，他很快就得知了對方的真面目。

「啊，好像可以看到漆黑的大衣……」

「大衣？在這種熱死人的天氣？那傢伙難道是……」

杉鹿也難掩驚愕。

在他們共通的熟人當中只有一個人，會在這種盛夏季節用漆黑大衣把自己包起來，戴起長髮的假髮。也就是第一屆JGBC冠軍，《宵闇之魔術師》。

「那傢伙怎麼會跑來！個人戰也就算了，今天不是團體戰嗎！」

「不，等一下。那個人是──」

岸嶺發現到了。在《宵闇之魔術師》權田原的背後，還有一名熟人。

「那、那不是芭蕾塔小姐嗎？就是那個電競選手……！」

「怎麼回事？《宵闇之魔術師》跟電競選手一起來到電玩會場？難道是來觀摩比賽……？」

就連說話的天道本人，似乎也不相信自己的推測。

而瀨名老師說出了所有人心裡共通，但都不想聽見的一種推測：

「哈哈哈，哪有玩家會帶人來欣賞團體戰？想也知道，那個男的是打算參加團體戰！」

「什麼——！」

雖然隱約猜得出來，但實在不願意聽到真相。

那個《宵闇之魔術師》要參加團體戰，而且還帶著電競選手。也就是說來了個強勁的競爭對手。

「所以是怎樣，那傢伙背後的其餘兩人也是知名玩家還是什麼嗎？」

「唔嗯，我對他們有印象！芭蕾塔背後的是玩家名稱《勝利狂(Mad Drugger)》，然後另一人是ＬＫＫ主義者！兩人都是ＪＧＢＣ個人戰的前段班常客！」

「《勝利狂》？這名稱還真奇特……」

一想像到那人在登錄參賽時得跟櫃檯解釋「名字寫成《勝利狂》，麻煩標註一下發音是Mad Drugger」就覺得有點好笑。

事實上《勝利狂》正如其名，有點面無血色。簡直跟岸嶺之前打工當測試員時，在公司看到的那些整夜沒睡的程式設計師沒兩樣。

第四位成員ＬＫＫ主義者，用一句話來形容就是中年大叔。跟今天的其他參賽者相比顯得格外突兀。

《宵闇之魔術師》等人不愧是知名玩家，似乎交遊廣闊，正在到處跟人不失禮數地打招呼。

經過岸嶺等人面前時也不例外，《宵闇之魔術師》優雅地行過一禮。

「我早就猜到只要參加ＢＦ的大規模比賽，就能見到諸位了。」

「真、真佩服你有辦法參賽。都不用去上班的喔？」

「今天是盂蘭盆節的準備期間嘛，這個時期還勉強可以放膽請假。不過老實講，我已經想辭職了。」

「辭職……你要成為電競選手？」

「沒錯。我開始覺得無論是被黑心企業慢慢壓榨，還是當收入不穩定的電競選手混口飯吃，其實都差不多。所以目前得先做點實際成績才行。」

岸嶺嚇壞了。換言之，他們是真的想在團體戰當中晉級。

「為、為什麼要特地選擇團體戰？」

「因為團體戰看起來很好玩啊。就這樣。」

只能說的確如此。岸嶺也很了解團體戰的樂趣。

「既然有這機會，就順便介紹一下我們的隊員吧。首先是《勝利狂》，從第一屆ＪＧＢＣ

就跟我是冠軍戰的對手。」

「抱歉了，一旦我們組隊，你們就別想獲勝了。」

《勝利狂》邊說邊從懷裡掏出了某種東西。就是在醫療劇等等會看到的，用來裝藥丸的那種橘色藥盒。

他拿著藥盒直接往嘴裡倒，喀喀作響地咬碎掉下來的彩色藥丸。

「哼哼哼！感覺來了！」

「嗑、嗑藥？這樣不犯規嗎？」

「不，我有聽過傳聞！」瀨名老師說。「電玩說到底就是腦力對決，因此攝取活化腦力的藥物似乎是一種有效手段！甚至還有地獄哏說某國之所以電競能力強就是因為軟性毒品合法！」

「可是那傢伙咀嚼的藥丸，上面不是有個m嗎？根本只是巧克力吧。」

「…………」

被杉鹿說中，《勝利狂》的表情結凍了。

m&m's，就是那種裹著各色糖衣的知名巧克力糖。看起來是有點像藥丸。

（難、難怪那些藥丸看起來五顏六色的。）

不知怎地，天道有些焦急地勸阻杉鹿。

「杉鹿，這種不知趣的吐槽是違反禮儀的。剛才那個是他塑造形象的方式。」

「啊，是這樣喔？那真是不好意思。」

「夠了，不要在這種狀況下跟我道歉！又不會怎樣！糖分與巧克力都可以促進大腦活性化啊！」

像是要一掃目前的氣氛，《宵闇之魔術師》重新戴好墨鏡。

「《淘氣小妖精（Mysterious Pixie）》還是一樣好眼力。總之我繼續介紹吧，第二位是LKK主義者。LKK在中文好像是老人的意思，而他也是一位遠近馳名的中年玩家。」

LKK主義者本人顯得心有不滿。

「不是，我可沒說我喜歡這個稱呼！雖然LKK主義者是我取的自虐名稱沒錯啦。好吧算了，你們一定無從想像結婚生子的男人要參加電玩大賽有麼多辛苦吧。抱歉，我是不會手下留情的。」

這個比瀨名老師年長的男人，年紀大概在三十五歲上下吧。可能是學生所沒有的威嚴使然，看起來相當強悍。

「再來是最後一位，上次跟你介紹過。她是格鬥玩家芭蕾塔。」

「啊，大家好，我是芭蕾塔。跟岸嶺大哥之前見過面對吧？」

「啊，那次受妳照顧了。」

其實請芭蕾塔當家教的事情是祕密。但既然對方都來打招呼了，也不好假裝不認識。

「以上三位就是我引以為傲的隊友。我知道你們實力不凡，但很遺憾，可能得請你們放棄今天的勝利了。」

「不，那可不行。」

天道即刻回答。

「我們也有身為玩家的志氣，不能隨口說說就把勝利拱手讓人。」

看到天道面對冠軍仍然堅持己見的態度，岸嶺不禁感到欽佩。只是看天道的神情，與其說是大膽無畏倒比較像是沒有退路。

話雖如此，《宵闇之魔術師》似乎很欣賞她的這種態度。他帶著敬意轉身面對天道。

「我聽《淘氣小妖精》說過，妳姓天道對吧。妳說得一點也沒錯，算我多嘴。那就祝彼此有好的表現吧。」

笑容可掬地說完，《宵闇之魔術師》等人逕行離去。

「是不重要啦，不過岸嶺你好像認識那個叫芭蕾塔的格鬥玩家？你們是怎麼認識的？」

「咦？喔，嗯，就以前有個認識的機會。」

「哦。真不知道你是什麼時候認識那種女生的。」

杉鹿不知怎地講話帶刺。

「但是這下子麻煩了。」

天道帶著滿心苦澀的表情說了。

「因為無論事情有什麼原委，總之就是多了個稱為競爭對手太過強大的隊伍……」

「這有什麼，別擔心！不用這麼悲觀啦！」

或許是閱歷豐富的關係，瀨名老師神色如常。

「今天是ＢＦ４的團體戰！的確如果連《宵闇之魔術師》都成了敵人就很棘手，但也有可能被安排到友軍！況且不管《宵闇之魔術師》再怎麼厲害，變成三十二人甚至是六十四人之一，也很難有活躍表現！」

「…………」

「就是啊。雖然輸贏要等到正式上場才知道，但至少今天的大賽一定會變得更好玩。」

天道露出驚訝的神情，定睛注視著岸嶺的臉。

「咦？怎、怎麼了嗎？」

「沒有，只是覺得你說得對。還是先盡情享受這場電玩大賽的樂趣再說吧。」

今天的天道果然有點反常。

◆

至於與岸嶺等人告別的《宵闇之魔術師》等人則正在進行團隊會議。

「芭蕾塔，拜託一下啦。在剛才那種場合就不能再配合一下嗎？」

「喔，但我還是有點跟不上你們的那種調調。」

芭蕾塔回答得滿不在乎。

其實也怪不了她。因為要的是她身為玩家的本領，不是他這種調調。

「哎，沒關係啦。我最近覺得，現在好像已經不流行高喊誇張玩家名稱了。」

ＬＫＫ主義者好言相勸，但這次換《勝利狂》焦急地阻止他。

「喂，拜託別講這種話啊，ＬＫＫ主義者。都已經演了這麼多年，從立場上來說，現在怎麼可能再走回頭路？」

「《勝利狂》你也是，年輕的時候或許還好，但也該開始考慮歲數了吧。特別是甜食吃太多的話可是會一口氣長到肚子上喔。」

「不要再說了，我最近還真的有點在怕這個！」

「上班族玩家好辛苦喔。」

「芭蕾塔，遲早會輪到妳的。過了二十歲之後真的做什麼事都處處受限。」

就在這時，狀況發生了。

「啊啊——！哥哥，你怎麼會在這裡！」

一陣小孩子的尖銳嗓音傳來。是《宵闇之魔術師》熟悉不已的嗓音。

「給我等一下妳這笨蛋社長，怎麼可以把冠軍亂叫成哥哥啦！不好意思，這個女生腦袋有點……」

轉頭一看，親妹妹被一名不認識的女生抱住。

「還以為是誰呢，這不是《疾風過境》嗎？她沒弄錯，我妹妹似乎受妳照顧了。我是她哥哥《宵闇之魔術師》，請多指教。」

「咦咦，真的嗎！我、我不知道是這樣，抱歉失禮了。敝姓祇方院，是這個笨——啊，我是說我是她的隊友。」

「嗚哇——副社長裝得一副老實樣！平常明明那麼粗魯！」

「要、要妳囉嗦！少來血口噴人！」

「沒關係沒關係。很高興妳們隊友之間相處愉快，今後妹妹就請妳繼續關照了。」

「是！請放心！至少我會再幫她矯正一下這種個性！」

可能因為對方是第一屆ＪＧＢＣ個人戰冠軍的關係，自稱祇方院的女生神色緊張地行了一

禮。

「話說回來，哥哥你怎麼會在這裡——？」

「當然是為了參加團體戰啊。因為妳總是跟我說團體戰有多好玩，有點燒到我了。」

「什麼——！要是哥哥也來組隊，那我豈不是毫無勝算了嗎——！」

「喂，這樣就氣餒也太快了吧，我這邊不過是臨時召集的隊伍，對妳們這種經驗豐富的隊伍來說應該多得是可乘之機。對了，難得有這機會就來介紹一下——」

《宵闇之魔術師》話都還沒說完，《勝利狂》已經露出有苦難言的表情。

「……又要叫我吃巧克力啊。青春痘越冒越多啦。」

「喂，《勝利狂》，過了二十歲就不叫青春痘，要叫面皰才對吧？」

被ＬＫＫ主義者不留情面地吐槽，《勝利狂》臉色更難看了。

2

一男一女的兩名主持人，站上了特設舞台。

『讓各位久等了！日本電玩大戰冠軍賽 in 秋葉原來了！』

年約三十歲的男主持人首先大聲說道。

『暑假《戰地風雲4》大賽！現在正式開始！』

接著換成年輕女主持人大聲說道。藝名是大河伊佐美，職業是聲優。不過其真實身分是與岸嶺等人隸屬同一個社團的高中生，鷹三津宮美。

兩名主持人的開賽宣言，讓會場氣氛一口氣達到最高潮，歡呼聲四起。

『今天感謝大家同樣不畏豔陽到場觀戰！哇——今天參賽人數還是一樣多呢，黑岩大哥。』

『不愧是暑假——老實說我是希望一些不修邊幅的傢伙不要再增加了！不過穿著清涼的女生也會增加，我是不排斥啦！』

『拜託！你這話構成性騷擾了！』

雖然是比較敏感的笑話，但主持人打趣的肢體動作與鷹三津又快又狠的吐槽似乎戳中了大家的笑點，觀眾哄堂大笑。

『好，那麼時間緊湊，來說明今天的比賽規則！伊佐美，麻煩妳了！』

『好的，今天的遊戲是大家都很熟悉的《戰地風雲4》，而且是以大家期待已久的PS4版進行對戰！從初賽到準決賽採用十六人對十六人的搶攻模式，由勝利的一方十六人全部晉級！附帶一提，決賽預定採用六十四人對戰的征服模式！請大家千萬不要錯過！』

『也就是說一般比賽除了隊友之外全都是敵人，但今天可不一樣。抽中同一隊的所有人都

是友軍！大家必須齊心協力贏得勝利，對吧！』

『這就是所謂的「昨天的敵人就是今天的朋友」，場面一定會相當熱血。此外，裝備完全沒有限制，請大家隨心所欲自訂用來上戰場的角色。』

『不過，本次比賽只有一項特殊規定；為了避免主持人解說不來，這次規定不能更換小隊。BF4原本可以由最多五人自由組成小隊，不過今天所有小隊都是四人編隊，遊戲過程中也完全不能變更，請參賽者注意！』

「不能更換小隊啊。也是啦，很合理。」

天道輕聲低喃，杉鹿也點了點頭。

「是呀。要是有別隊的人跑來自己的小隊，會搞得很複雜。」

BF系列有小隊的概念，簡單來說就是一種利於多人單位聯手出擊的系統。例如在戰場上被擊倒時，玩家可以從特定地點重新出擊，這時如果有加入小隊，就能夠從小隊隊員的所在位置重新出擊。移動在FPS當中常常是一種麻煩，但在BF只要有組隊，就算死亡也可以迅速與隊員會合。

此外，遊戲當中本來可以自由加入或離開小隊，因此例如自軍有個據點遭受敵軍攻擊而岌岌可危時，玩家可以加入位於該據點附近的小隊再重新出擊，算是一種小技巧。

而主持人說這次比賽禁止更換小隊。既然打的是團體戰，他隊隊員跑到自己的小隊的確會增加解說難度。會有這種規定很合理。

『好的，那麼如同大家所看到的，PS4共有六十四台，由於時間有限，初賽第一局與第二局將同時開始！被伊佐美叫到號碼的隊伍，請到對戰機台報到！』

『那麼就從第一場比賽美軍的第一隊開始對戰！首先是……十三號！〈讓．路易〉隊的各位選手，請到一號對戰機台！』

「咦？我們是幾號啊？」

「三十一號。」

「是喔，謝啦。」

天道與杉鹿才剛說完……

『接著是三十一號，〈伊豆野宮學園現代遊戲社〉隊！』

大河也就是鷹三津，表面佯裝平靜地叫到了隊名。

「哦，真難得這麼快就要上場！比起等個老半天這樣更好，那麼諸位，狩獵時間到！」

我們跟在瀨名老師後面，前往主持人指示的二號對戰機台。機台備有電視、PS4、手把與耳機共四組。不過耳機只供對話用，聽不見遊戲裡的聲音。

岸嶺等人被分配到美軍的BRAVO小隊。附帶一提，BF4分成解放軍、美軍與俄軍三個陣營，但玩起來完全沒有差別。選解放軍也能使用美軍的武器，反之亦然。在遊戲當中各個陣營

只有敵我之分，因此玩家常常玩到最後都不知道自己隸屬於哪一軍。

其間，第一局參加隊伍仍然陸續出爐。

『接著來到俄軍隊伍！首先是〈世田谷電玩同好會〉隊！接著是……〈甲斐原女學園現代遊戲研究社〉隊！』

「唔。」

杉鹿第一個做出反應。

「這樣啊，第一局就要碰上她們了啊。」

「有什麼不好？有時候認識的對手比較好對付！真正的問題應該是《宵闇之魔術師》！」

「啊，說到這個，他們雖然有向我們介紹隊員，但不知道他們的隊伍叫什麼……？」

「忘記問了呢。不過只要那件黑色大衣一有動作就知道了吧。」

「這倒也是。不過能不碰上他們當然最好……」

「沒什麼，從參賽隊伍數來算的話第一局就碰上的機率低於十分之一，不用擔心啦！」

瀨名老師說得對。

『現在公布第一局的最後一個參賽隊伍。〈焦糖瑪奇朵〉隊！』

第一局參賽的最後一隊，是個好像在咖啡店一時興起亂取名稱的隊伍。看來不用在第一局就碰上他們了。

「喂，岸嶺，別以為這樣就沒事了。反正遲早還是要對決的。」

「我、我知道啦。」

岸嶺的想法被杉鹿一語道破。

主持人接著公布同時進行的第二局參賽隊伍。但這時《宵闇之魔術師》那邊還是沒有動靜。

『接下來公布對戰地圖，並進入一分鐘的準備時間。那麼伊佐美，麻煩妳了。第一與第二局的第一個地圖是？』

『好的，是極地監獄！』

會場籠罩在輕微的驚愕中。極地監獄是以酷寒雪山基地為舞台的地圖。以搶攻模式來說，地圖的北邊是雪山山麓的緩坡，南邊是人工山洞基地，必須做好室外與室內的戰鬥準備。

必須占領的據點有三處：位於地圖西南方的Ａ據點、東南方的Ｂ，以及北邊中央的Ｃ。其中南邊的兩處位於基地內，但北邊的Ｃ據點是位於雪山山麓緩坡的直升機機場。作為在搶攻模式常見的現象，從西南方出擊的美軍容易取得Ａ據點，俄軍則容易取得Ｂ據點。

「勝負關鍵就在Ｃ據點的取得了。真是個麻煩的地圖。」

杉鹿一臉苦澀，反倒是瀨名老師神色如常。

「是啊，在這個地圖很容易出現一邊隔著通道或是探頭窺伺通道，一邊交火的發展！雖然不適合狙擊手，但對我這種輕機槍使用者卻很有利！」

輕機槍使用者的強項就是彈藥豐富，能夠盡情開槍。在把守隨時可能有敵人殺來的通道上相當占優勢。而且能夠裝備輕機槍的支援兵，可以補給自己與其他友軍的彈藥。換言之可用的彈藥數接近無限。弱點頂多就是輕機槍特有的較長填彈時間。

「岸嶺，勝敗就看我們兩個衝鋒隊員了。比賽一開始我們就要全力以赴，奪下據點。」

「我、我會加油的。」

岸嶺等人進入了自訂角色畫面。岸嶺分配到的是等級最高——換言之就是可使用所有裝備——的角色，名稱冷冰冰地寫著「KISHIMINE」。

他替這個角色分別設定突擊兵、工程兵、支援兵與偵察兵的裝備。岸嶺以工程兵為主，但視狀況而定也可能以其他兵種出擊，因此也得把其他兵種換成慣用的裝備。特別是第一局採用的是搶攻規則。這種規則不同於征服模式，不會出現戰車等載具，因此工程兵也就完全不須攜帶反戰車地雷或修車用的維修工具。需要帶上場的包括對步兵同樣有效的ＲＰＧ等武器，此外也得考慮到使用突擊兵而非工程兵的場面。

『看來大家都準備好了。那麼伊佐美，請宣布開始。』

『好的！那麼第一局比賽，正式開始！』

「上吧，岸嶺！」

「是！」

搶攻模式最重要的是掌握開場階段。天道一聲令下，手持衝鋒槍的岸嶺帶頭向前衝殺。他在陰暗的基地裡不斷向前衝，往C據點邁進。後方與A據點的占領工作就交給其他隊友。就算被偷襲而死也無所謂。因為自己的職責就是衝鋒陷陣，以及犧牲性命揪出敵蹤。

他跑出基地，來到皚皚雪山的斜坡。C據點的直升機機場就在眼前。

然而到了這裡，終於與敵人碰上了。對手似乎也跟他一樣是衝鋒型，不然就是選擇分散進攻，只有一個敵人。

雙方在直升機機場展開槍戰。岸嶺不特別瞄準，而是一邊到處迅速移動，一邊用PDW不斷地腰射。

這種戰術多少受到運氣左右。可能是因為這樣，子彈雖然射中了敵人但未能致命。不過敵人也一樣，或許是被岸嶺的動作擾亂了，他也沒受到致命性傷害。

雙方的交戰由第三者——也就是前來助陣的天道決定勝負。來自後方的天道用突擊步槍開火，輕鬆擊殺了對手。

這就是岸嶺等人的戰術。由岸嶺擾亂敵人，再由天道接手給予最後一擊。在TPS或FPS當中，從側面或後方攻擊戰鬥中的敵人一定能擊殺成功。

「岸嶺，你還行吧！」

「是，還撐得住！」

電玩就是只要人沒死都有辦法可想。岸嶺不等槍彈重新裝填或體力恢復，就再次開始衝刺。

不過，這次的比賽是三十二人對戰。岸嶺很快就再次碰上敵人。而且這次不但一次來好幾人，可能是剛才的槍聲被聽見了，岸嶺的位置被對方徹底摸透。

這下岸嶺實在也毫無勝算了。雖然以腰射方式不停開槍勉強給予敵人傷害，但最後還是壯烈犧牲。

不過天道鎖定了敵人的位置後發射榴彈與槍彈，又成功殺死了兩個敵人。

即使如此，殺向C據點的敵人氣勢依然不減。

「嗚，我也被殺了！」

「已經很有成果了，社長這下連續擊殺三人了耶！」

「嗯，不過也是因為一直拿岸嶺當誘餌的關係。岸嶺，衝鋒做得很好。」

「沒有啦，這就是我的職責嘛。」

畢竟平時常常都在扯大家後腿，岸嶺即使被稱讚也無法真心感到高興。

真正讓他放心的反而是天道，打法比平常更加犀利。今天的天道總給人一種緊繃感，但看來不會影響到遊戲表現。

「再來只能期待友軍的表現了……」

「唔嗯！照這樣下去應該能奪得C據點，做好加強防守的準備吧！」

瀨名老師說得正是，儘管敵我雙方都殺向C據點，但由於他們成功擊殺了幾個敵人，目前似乎是自軍占上風。

『哦！一開始的攻防戰，取得C據點的是美軍！』

『這下子美軍一口氣占優勢了！』

聽到兩名主持人的解說，會場也發出普通程度的歡呼聲。

搶攻模式有三個據點，只要能保住其中兩個就算勝利。而不只是FPS，很多對戰遊戲都是防守比進攻簡單。

「我去守C！」杉鹿說。「那裡視野比較開闊。其他地方就交給你們嘍！」

這個地圖基本上都是在人工山洞基地裡交戰，不利於狙擊手行動。但只有C據點位於野外，應該有利於狙擊手大顯身手。

「A似乎也快搞定了！有為數不少的友軍在幫忙守住！」

前去防守A據點的瀨名老師報告戰況。

「不愧是參加大賽的玩家，大家都很資深耶。沒有人勉強衝鋒，都在加強防守。」

搶攻模式的重點在於比對手搶到更多據點，然後加強防守。例如就像現在這樣，奪得兩個據點後就不用勉強爭奪第三個。在搶攻模式中除了在小隊員位置重生之外，都是在自軍占領的據點附近重生。但是，如果三個據點都由自軍占領，敵人就會在任一地點重生。這麼一來就有可能導致敵人冷不防出現在背後，使得據點瞬間失守。

即使不考慮這點，想守住三個據點，就只能各分配三分之一的士兵數，也就是大約五人。在這種狀態下如果敵軍攻打兩處，戰力比就是單純的五比八，失守的可能性自然比較高。這也是奪得兩個據點後轉攻為守的一大理由。

在線上的陌生人對戰等情況下，可以看到很多玩家由於守點賺不到分數，無論自軍有幾個據點都選擇衝鋒。但沒有一個大賽選手會玩那種沒意義的打法。

「不過岸嶺，你忘了一件事。我們這邊是老手的話敵方也是老手。我們倆去迎擊敵人吧。」

「的確，我明白了。」

天道說得有理。敵方應該明白兩個據點被搶走是多危險的狀態，想必會拚命抵抗以試著開拓戰局。他們必須挫挫敵方的銳氣。

◆

事實上這時候，敵方俄軍的士兵們的確全都焦急不已。

〈甲斐原女學園現代遊戲研究社〉的祇方院，當然也是其中之一。

「再這樣下去就糟了，總之快把A或C搶下來就對了！」

「這誰都知道的啦，不用唸個沒完的啦——」

《疾風過境》似乎因為屈居劣勢而火氣很大，回話語氣帶刺。

「沒關係啦，現在還在開場階段。」

「別吵了，請問副社長，要搶A還是C據點？」

隊友武藤理穗與理緒這對雙胞胎，你一言我一語地當和事佬。

「這個嘛……」

祇方院開啟了全地圖。兩個據點被搶下使得俄軍玩家無不心急難耐，積極地採取攻勢。不過從人數來說前往C的友軍比較多，想必是因為C據點是野外直升機機場，易於攻打吧。

這麼一來就有兩個選擇。首先是她們也加入攻打C的行列。敵方必須防守A與C兩處據點，兵力必定有所分散。這樣的話全力攻打易攻難守的C應該很容易攻陷。

但敵方不會不明白這點，一定也加強了C的防衛。這樣的話多增加正面進攻的兵力或許沒有意義。

「我們去給C據點背後爆菊。跟我來——」

會不小心說出貴族女校學生不該說的字眼也是無可厚非。

她率領著三名隊友，衝過基地的通道。目前友軍正從B據點所在的東南方對北方的C據點發動攻勢。換言之，就是從東南方向西北方進攻。

於是祇方院打算從C據點偏南方的位置——貼近地圖中央的地帶往左走，從西南側攻打C據點。由於目前A、C據點落入敵方手裡，地圖西側屬於敵軍勢力範圍，衝進那塊地帶隨時隨地都可能遭受槍擊。但如果能從背後巧妙攻打C據點，局勢就會一口氣變得對己軍有利。有賭命一搏的價值。

「理緒，放C4！」

「收到！」

《戰地風雲4》的一個特色，就是幾乎所有建築物都能摧毀。而這個叫做極地監獄的地圖，位於野外的C據點（直升機機場）周邊是沒有，但AB據點周邊的細小通道有很多地方可以炸毀。

「我要啟動了，引爆！」

理緒在牆上設置C4後按下按鈕，引發驚人爆炸，牆上開出了一個洞。

「好，我們上！」

「由我帶頭的啦——」

《疾風過境》如她所說，打頭陣衝進了通道。儘管首功被搶走讓祇方院有點不爽，但這種狀況的確應該交給她來。雖然埋伏、防衛等等需要耐住性子的任務她一點都處理不來，但如同《疾風過境》這個誇張的玩家名稱所示，只有攻城掠地她最會。

把先鋒任務交給她，祇方院把主要武器突擊步槍切換成次要武器。榴彈發射器，俗稱砰砰。

也就是能夠投擲榴彈引發大爆炸的武器。之所以俗稱砰砰，是因為它會發出「砰」的音效射出榴彈。

「哦，看到敵人了——」

《疾風過境》終於遇上敵人，雙方開始交火。敵人似乎想都沒想到會在這種地方遭受奇襲，《疾風過境》接連擊斃敵人。

然而，沒殺透的敵人逃進了通道暗處。祇方院即刻往那裡發射砰砰，用爆炸吞沒逃離火線的敵人。

開槍攻擊敵人，同時也等於用槍聲告知敵方自己的位置。不過真要說起來，也有一種叫做動作感應器的配備能夠讓敵人顯示在雷達上。奇襲會穿幫是預料中的事，再來只要趁敵人尚未大舉攻來之前，能對C據點背後發動一次攻擊就夠了。

「這裡交給我們！」

「請兩位前往C據點！」

武藤理穗與理緒姊妹異口同聲地說，躲進附近通道的暗處。她們打算在這裡埋伏等候敵人上鉤。目前敵軍占據了地圖西南邊的A據點與北邊的C據點，正在防衛陣地。一旦C據點陷入危機，A點將會派出援軍前來C點，就算沒來，從祇方院等人的位置也不知道何時會被人從背後偷襲。但只要理緒與理穗她們倆賭命拖延敵人腳步，對C據點的奇襲成功率就會大幅攀升。

「好，交給妳們了！我們走，白痴社長！」

「可別扯我後腿喔——弱爆的副社長！」

兩人一面拌嘴，一面直接對C據點的背後發動突擊。

◆

對敵人提高警戒的岸嶺，當然也發現敵人正往己方勢力範圍的正中央衝過來。

「中央有敵人反應！A……不對，目標可能是C！」

「A的防衛無懈可擊，不怕敵人襲擊，你們就當作是C遇襲展開行動！」

瀨名老師堅定地說了。的確A點有友軍層層防護，可供進擊的通道又窄，沒什麼好怕的。C才真正需要嚴加防守。

「杉鹿，小心背後！敵人要過去了！」

「你這是強人所難嘛，我光對付眼前的敵人都忙不過來了！」

C據點正在對抗來自東南的敵方大軍，她沒那多餘心力去注意西南方可能出現的敵人。

「不得已了，岸嶺，我們去清除敵人！」

「收到！啊！」

正要前往Ｃ據點的時候，岸嶺遭受埋伏於通道陰影的敵人攻擊。先發制人教人束手無策，岸嶺瞬間被擊倒。

「你沒事吧！」

天道行動迅速。她即刻射殺攻擊了岸嶺的敵人，接著放下武器換拿電擊器。然後靠近岸嶺的屍體，給予電擊。

這就是突擊兵的特色。即使友軍被擊倒，也可以用電擊使其復活。

「謝、謝謝！」

「這給你用，馬上準備進攻！」

天道接著把醫藥箱丟了過來。用電擊復活後，角色大多體力見底。但是只要待在醫藥箱旁邊就能自然恢復體力。電擊器與醫藥箱，都是負責推進戰線的突擊兵特有的專用配備。

等體力恢復後，岸嶺再次追上天道。

「唔，不行，還有一個人，敵人從那邊不斷冒出來。」

然而天道的進擊停住了。通道遠方似乎還有敵兵埋伏，對她斷斷續續地攻擊。而ＢＦ４只要小隊當中有人存活，隊員就能從那人身邊重新出擊。這樣便無法判斷敵方有幾人，不能胡亂衝殺。

「杉鹿，這邊還是擋不住！麻煩妳自己提防背後！」

「哎喲煩耶！真沒辦法！」

◆

至於祇方院她們，也一樣陷入苦戰。

「不行，撐不住了！還沒搶下C據點嗎！」

阻擋來自A據點的敵人的武藤姊妹發出慘叫。雖說採取了埋伏，但要在敵軍的正中央靠兩個人維持戰線看來還是不可能。

「可以了，我們這邊要發動攻擊了！好了，白痴社長，上吧！」

「讓你們見識社長的厲害！」

祇方院她們費盡苦心繞到了C據點後方，終於開始進攻了。C據點的敵人正在對付來自B據點的俄軍，此時背對著祇方院她們。於是《疾風過境》一馬當先，拿著突擊步槍一路開槍衝刺。

可能冠軍的妹妹沒白當，她接連掃倒敵兵。

無奈孤掌難鳴。她很快就被敵軍的集中砲火擊斃。

「還沒完！」

白痴社長《疾風過境》雖然遭受敵人槍擊，但也因此抓出了敵人的位置。而且由於社長動作引人注目，敵人應該還沒察覺祇方院的存在。

祇方院用榴彈發射器謹慎地瞄準。榴彈重量較重，會受到重力影響而描繪出拋物線軌道。她把這點算進去，仔細瞄準敵人的密集位置。

然而就在她瞄準好的那一刻，她看見一名狙擊手把槍口對準了她。

（啊，糟了！）

幾乎於她擲出榴彈的同一時間，她被狙擊手狙擊了。

榴彈需要一點時間才會命中目標。相較之下，狙擊槍的子彈瞬間就能命中。

首先祇方院被漂亮爆頭，一擊斃命。但擲出的榴彈不會停下來。榴彈在敵軍的正中央爆炸開來，對C點周邊的敵人造成了不小打擊。

◆

局勢發展對岸嶺等美軍陣營不利。

「啊！我被殺了！C可能已經不行了！」

「別擔心，還有我們在！」

杉鹿雖然遭受敵人奇襲而陣亡，但天道與岸嶺清除了其餘敵方奇襲小隊，勉強抵達C據點。他們打算與C據點的其餘友軍一起守點。

但是，太遲了。C據點的友軍本來已經遭受來自前方的巨大壓力。只不過是一瞬間被背後的敵人引開注意力，就失去了化解前方壓力的手段。

「啊，我又死了。」

「該死，我也是！」

被捲入槍彈與炸彈的暴風圈，待在C據點的岸嶺等人轉眼間就被氣勢如虹的敵軍吞沒。

一旦被擊殺，得等上將近十秒的時間才能重生。這十秒鐘足夠讓敵軍占領C據點了。

地圖上的C據點標誌開始閃爍白光。這表示敵軍清除了C據點的友軍並開始占領工作，使據點變成中立狀態。

現在正是需要援軍的時候，但自軍士兵還需要一點時間才能抵達C據點。無計可施了。C據點終於染上紅色，讓他們知道該處已落入敵手。

「怎、怎麼辦！該奪回C嗎！」

「冷靜點，從我這邊重生！我們搶攻敵軍B據點！」

瀨名老師似乎早就完全料到了這種發展。他不知何時已經離開了防衛的A據點，從南方接近敵軍B據點。

「好耶，真不愧是老師！」

敵方剛才全力攻打C據點，如今占據了C應該會加強防衛以備對手反擊；在這時候從正面進攻很難攻下據點。但是全力傾注於C據點的敵軍，很有可能無暇顧及B據點。

瀨名老師必定是早就料到這點才會離開A據點，提早前往B據點。岸嶺等小隊成員只要從瀨名老師的位置重生到小隊上即可。

◆

可以跟其他參賽者一起用大螢幕觀賞即時賽況，可說是電玩大賽的妙趣之一。

『哎呀，美軍漂亮奪下B據點！』

『這下美軍再次占據兩個據點，繼續維持優勢！』

再加上兩位主持人的解說，會場氣氛熱烈。

權田原茂男也就是《宵闇之魔術師》，也全神貫注地盯著大螢幕上的第一局賽況。

畢竟是多達三十二人對戰，根本分辨不出誰是誰。即使如此，自然而然就能看出哪個小隊表現最亮眼。

美軍 BRAVO 小隊。就是《靈魂轉生者（Soul Trancer）》岸嶺等人的小隊。

他們的成績並沒有特別好。舉例來說，ＢＦ４有藉由殺敵或占領據點等方式賺取積分的概念，光看分數的話他們算是中上。

但是，行動的方式不錯。他們掌握友軍的利與不利，做出對勝利最有貢獻的行動。恐怕不是《靈魂轉生者》或《淘氣小妖精》，而是那個名叫天道的少女，不然就是他們稱為瀨名老師的顧問下的指示。

「剛才那些人真有一套。」

芭蕾塔對他說道。看來她也是一眼就看出哪個小隊表現最為亮眼。

「是啊，坦白講我一個人恐怕應付不來。所以我才會請你們加入。」

「但是技巧太差了。」

《勝利狂》插嘴說道。一邊還喝著寶特瓶裝的綠茶。

應該喝可樂、胡椒博士或紅牛才對吧——權田原作如此想。平常把巧克力糖假裝成毒品喀喀作響地嚼碎的他，私底下卻為了健康而小口喝綠茶的模樣，最好還是別讓別人看到為妙。

「特別是那個叫 KISHIMINE 的角色連槍法都有待精進。我是覺得不用過度戒備。」

「是啊，就目前的表現來看的話。」

他還沒詳細告訴大家，這個 KISHIMINE 正是最大的威脅。因為這樣感覺更有意思。

同一時間，比賽仍在繼續進行。可能因為資深玩家較多的關係，雙方展開相持不下的拉鋸

戰，但也因為如此，最早奪得兩個據點的美軍始終維持著領先優勢。

◆

『第一局結束！由美軍陣營獲勝！』

大河伊佐美宣布美軍獲勝。

「呼，總算贏了……」

岸嶺由衷鬆了一口氣。

或許該說是雙方實力不分軒輊的證據吧，整場比賽一直在爭奪據點。這種戰況會讓所有參賽者身心俱疲。一看，其他也有很多參賽者面有倦色地嘆氣。

然而至少在現代遊戲社當中，似乎只有岸嶺一個人覺得累。

「岸嶺，才剛打完第一局，現在就放心還太早了。」

「說得沒錯！拿出你的自信，盡情沉醉在勝利之中吧！這樣就能迅速消除疲勞了！」

「啊，是，說得也是……」

他深切地體會到現代遊戲社的強項就是耐操。

「就是啊就是啊，現在不是讓你喊累的時候。而且那些纏人精又來了。」

「咦？誰啊？」

冷靜想想就知道答案不言自明。就是他們剛剛打敗的對手，甲斐原女學園的各位成員。由祇方院與《疾風過境》帶頭，一行人很不客氣地走到岸嶺等人面前。

「你、你們好大的膽子，竟敢再次贏過我們……！」

祇方院的這句話完全是無故找碴，但她大概是才剛輸了比賽的關係，似乎有點欠缺冷靜。然而向來嚴肅看待輸贏的天道，回話毫不留情。

「這只能請妳們見諒。輸贏就是輸贏。」

「嗚……」

「可惡啊——這筆帳我一定會討回來！我們馬上就會在敗部復活戰再度晉級的啦！」

暢所欲言之後，她們揚長而去。

「那些傢伙每次不跑來找麻煩就不痛快是吧？」

「設身處地想想吧！假如是我們輸給她們，比賽後還能保持平靜嗎！」

「如果是我的話不會廢話，下次再找機會加倍奉還就是啦。」

「很像是杉鹿的作風……」

看來每個人都有自己的復仇方式。

『第二局也在此結束！這邊的贏家是俄軍陣營！』

大河伊佐美的聲音迴盪四下。

『這邊也是勢均力敵，但長時間守住C據點的俄軍陣營保住了優勢！輸了的隊伍也還有敗部復活戰，請繼續努力！那麼時間緊湊，接著立刻開始第三與第四局比賽！』

『好的！那麼公布第三局參賽隊伍。首先第一隊是……〈美乃滋一族〉隊！』

朝氣十足的兩名主持人不斷大聲宣布。雖說一次可讓六十四人參賽，但一天要消化掉數百人的參賽者似乎還是行程緊湊。

而就在這時，大河伊佐美念出了一個隊伍名稱，使得會場頓時為之譁然。

『接著下一個參賽隊伍，是諸神……啊，失禮了，寫作諸神黃昏，唸作〈諸神黃昏（Ragnarök）〉隊！』

包括岸嶺等人在內，會場觀眾無不心頭一驚。

〈諸神黃昏〉。如果是小學生那還好，就連國中生替隊伍取這種名稱都需要點勇氣。更何況今天的ＢＦ４是十七歲以上對象的遊戲。沒幾個玩家敢大大方方地給隊伍取這種名稱。

想到這裡，所有人都想起了一個事實。今天有一位參賽玩家即使主動報上〈諸神黃昏〉這種隊伍名也不奇怪。

他們都猜對了。由一位身穿漆黑大衣、滿身大汗的男人率領的四人組走上前來。

「啊，果然。剛才那個就是《宵闇之魔術師》的隊名啊……」

「真佩服他公開那種隊名都不會害臊……」

「不，我們應該作為借鏡才對。簡單來說只要組個不辱隊名的隊伍就行了。」

「妳還是一樣，對名稱的接受度真高……」

幾個當事人大概是已經習慣受到矚目了，四個人磊落大方地前往指定的對戰機台。不過可能是太熱的關係，《宵闇之魔術師》顯得有點難受。

最後所有隊伍都做好了對戰準備，或許是感覺到會場的氣氛了，兩位主持人開始提起〈諸神黃昏〉的話題。

『說到這一局，最大的看頭想必就是ＪＧＢＣ個人戰項目首屆冠軍《宵闇之魔術師》率領的〈諸神黃昏〉！』

主持人黑岩一提起這點，大河伊佐美也附和著說：『是呀——』

『以往很少參加公開比賽的《宵闇之魔術師》忽然參加團體戰。這可不容錯過——』

『話雖如此，個人戰與團體戰在打法上有很大差異。第一屆冠軍會如何應戰也是值得矚目的焦點。那麼伊佐美，請給口令！』

『好的！那麼初賽第三以及第四局，正式開始！』

搶攻模式開始。地圖是廢棄工廠，簡單來說就是廢棄的戰車工廠。地圖上有兩棟大型建築物，周圍滿是樹叢或廢棄戰車。比起第一局的極地監獄，這個地圖比較需要在開闊的場所交火，但還是有很多掩體。

一旦在開闊場所交火，以同時參加人數多、爆炸物種類豐富的ＢＦ４來說勢必引爆激烈戰況。這是因為想搶奪據點就得靠近據點，但敵人只要往那裡丟個爆炸物，己方三兩下就一併退場了。結果使得玩家從各處衝鋒攻打據點，但ＲＰＧ、榴彈或Ｃ４又從四面八方飛來，轉眼間逼得己方一一退場。

可能是因為這樣的關係，比賽開始後過了一分鐘，美軍與俄軍各自奪得一處據點後，戰局就此形成僵持狀態。兩軍之間展開爭奪第三處據點的悽慘消耗戰。

然而隨著時間經過，會場大受震懾。僅僅一個屬於俄軍的隊伍技壓全場。

『太厲害了！明明有八隊三十二人，簡直無人能敵！〈諸神黃昏〉隊所向披靡！』

『不愧是個人戰首屆冠軍！即使打團體戰一樣實力堅強！』

《宵闇之魔術師》等人對激烈交戰的中立據點視而不見，一面繞遠路一面針對敵方占據的據點直接發動攻擊。當然路上有著無數的敵人，但全被他們逐一驅散。

「好、好快……！」

岸嶺瞠目結舌。那個角色恐怕就是《宵闇之魔術師》了。他全速衝刺，同時一發現敵人就瞬間瞄準，以最少量的子彈一一擊殺對手。而且由於是繞遠路發動奇襲，敵人幾乎都沒察覺他們的存在，也幾乎沒做出反擊。

「可是這不合理吧？那樣猛開槍應該會顯示在敵方的雷達上才對。」

「這你也不懂？一定是跟以前一樣用了消音器啦。」

「啊，對喔，記得他很喜歡玩潛行。」

岸嶺以前跟《宵闇之魔術師》用《最後一戰》對戰過。當時他也使用了能夠在敵方雷達上隱藏蹤跡的隱身類裝備。聽別人說《宵闇之魔術師》這個玩家名稱，也是取自常用那類隱身裝備的遊戲風格。

「但是BF4的消音器有個缺點，就是彈速會變得超慢！要靈活運用應該不是件易事！」

BF4從開槍到命中會有一段空檔。說歸說也是秒速數百公尺的速度，所以平常幾乎都是在無感的狀態下瞬間中彈，但裝上消音器則另當別論。跟對手交火很有可能吃虧。

「大概這就表示對那傢伙來說沒什麼吧。」

看來杉鹿看得很準。雖然一方面也是因為偷襲得利，但《宵闇之魔術師》連連奪得先機清除敵人，好像完全沒把彈速變慢放在心上。

最後他抵達了敵方據點。試圖占領敵方據點時，據點會在地圖上閃爍，瞞不過敵人的眼睛。敵人終於開始反擊了。

《宵闇之魔術師》再怎麼厲害也不是不死之身。他遭受來自四面八方的槍彈與爆炸物攻擊，三兩下就被擊倒。

但是一個小隊有四個人。芭蕾塔的精采表現也不輸《宵闇之魔術師》。她不只是玩格鬥遊

戲厲害，打起ＦＰＳ似乎也很有兩下子，接二連三地橫掃敵軍。更驚人的是《宵闇之魔術師》率領的〈諸神黃昏〉隊，所有隊員全都裝備了消音器。她與隊員就像是神出鬼沒的惡魔，一邊擾亂敵人一邊不斷殺敵。

其間《宵闇之魔術師》也從其餘小隊成員身邊重生。他們轉眼間就恢復了戰力，輕鬆奪下敵方據點。從頭到尾不到二十秒。

只靠四人就能搶下敵方據點意義重大。因為其他十二名友軍可以集中攻打中立據點，敵人卻得分配大量兵力專門對付〈諸神黃昏〉隊。

沒過多久，戰況就發展成由〈諸神黃昏〉隊隸屬的俄軍一口氣占據三個據點。不過，占據三個據點在搶攻模式當中是雙刃劍。在搶攻模式下一般進行重生時，會出現在自軍據點的附近。如果自軍沒有據點，就會在地圖外圍幾乎隨機的位置重生。這麼一來就不知道哪個據點會在何時遇襲，一個弄不好甚至三個都在轉眼間重回敵軍手中。如同岸嶺等人剛才的作法，占據兩個據點後就該停止進攻，專心防衛。

然而這種混戰卻是〈諸神黃昏〉隊最期盼的發展。他們在槍林彈雨中消除雷達上的蹤跡迅速行動，大顯身手。那種跑遍整個地圖把Ａ、Ｂ與Ｃ據點一一奪回的戰鬥方式，簡直有如颱風過境。

這麼一來，遭到颱風肆虐的美軍便毫無勝算。不但自始至終淪於被動，連一點表現機會都沒有就落敗了。

『真是技壓全場！俄軍獲勝！』

『〈諸神黃昏〉隊的活躍表現真是出類拔萃。這場戰鬥讓我們見識到了冠軍的真本事。』

會場的喧譁聲久久沒有平息。

「……《宵闇之魔術師》他們原來這麼厲害？跟以前與我們用《最後一戰》對決的時候簡直無法相提並論。」

天道的神情變得前所未有地嚴肅。不，與其說是態度認真，看起來甚至有點震驚。

「因為當時敵方隊伍裡有三個新手！四個高手組隊就是這樣了！」

「真讓人渾身發毛。但願之後不要碰上他們……」

岸嶺話才剛說出口就後悔了。聽到這種懦弱的發言，不只是杉鹿，搞不好連天道都會生氣地說：「怎麼能講這種沒志氣的話？」

然而，今天的天道很反常。

「是啊，不用跟他們交手最好。」

不只是岸嶺，就連杉鹿也愣了一愣。連ＦＰＳ本領數一數二的天道都說出這種話來，讓岸嶺覺得可能真的得祈禱不用碰上〈諸神黃昏〉。

然而，意想不到的幸運正等著岸嶺等人。

〈諸神黃昏〉隊的確隨時可能與他們為敵。但同樣地，也隨時有可能成為友軍隊伍。

第一輪比賽告一段落，進入第二輪比賽第一局時，〈伊豆野宮學園現代遊戲社〉隊與〈諸神黃昏〉隊，被一起分配到美軍陣營。

3

『由美軍的各位參賽者獲勝！恭喜各位！』

鷹三津雖然向大家道賀，但岸嶺等人臉上毫無喜色。

「總覺得不太能接受……」

杉鹿輕聲低喃的這句話說明了一切。

與〈諸神黃昏〉隊分配到同一個陣營的第二輪比賽，沒發生第一輪比賽的那種激烈戰況，岸嶺他們現代遊戲社便輕鬆贏得勝利。

只不過，並不是現代遊戲社太強，也不是敵軍太弱。就只是〈諸神黃昏〉隊太強罷了。雖然第一輪比賽就已經見識過他們的厲害，但並肩作戰時的可靠程度更是不同凡響。

岸嶺等人起初當然也想衝上前線應戰。但岸嶺等人還沒碰上敵人，行動比他們更快又神出鬼沒的〈諸神黃昏〉已經把敵人一一暗殺掉了。

說得明白點，就是岸嶺等人毫無表現機會。最後隨著遊戲進行，很多友軍都注意到了。不用勉強進攻，自己只要守住一處據點即可。其他敵人〈諸神黃昏〉隊自己會去解決，也會幫忙搶下敵方據點。

這麼一來，之後就簡單了。〈諸神黃昏〉隊隨心所欲地戰鬥，其他隊伍只須專心防守。FPS向來都是防衛比進攻簡單，勝負就此分曉。

「唉，不愧是《宵闇之魔術師》找來的隊友……」

「是呀，不只權田原，芭蕾塔也很厲害。那傢伙不是專精格鬥遊戲嗎？」

「不，據說她曾經在某場TPS大賽贏得冠軍！偶爾有些玩家就是這樣，玩什麼都厲害！」

「…………」

以前曾拜芭蕾塔為師的岸嶺感到心情複雜。早知道就連FPS的立回也一併學起來了。

「好了，諸位，悲觀的想法就到此為止吧！反正BF4著重的不只是FPS的本領，總之贏了就該高興啊！」

「說、說得也是。如果是搶攻模式還另當別論，但聽說決賽是征服模式。就算是《宵闇之魔術師》也一定對付不了戰車或直升機啦。」

「是呀。問題是決賽之前還有準決賽。」

「啊，對喔……如果在準決賽碰上〈諸神黃昏〉該怎麼辦……」

「喂，不要這樣就喪失鬥志啦。管他對手是誰，統統輾壓過去就好啦。對吧，天道？」

杉鹿罕見地把天道拉進對話。

岸嶺大致猜得到原因。今天的天道有很多反常的言行，杉鹿應該是在用自己的方式在關心她。

「說得對，能不碰上最好。但如果必須對付他們，我們也只能擊垮所有敵人。」

這很像是天道會給的回答。但是說不上來是口氣還是表情，總之仍然有種奇妙的緊繃感。

4

『準決賽第二局結束！這邊由俄軍獲勝！恭喜大家晉級決賽！』

「好耶！我們贏了！」

第二局比賽結束，岸嶺等人順利贏得了準決賽。敵軍也是晉級準決賽的隊伍，實力自然不差。但岸嶺等俄軍陣營隊伍也一樣有本事，在經過激烈競爭後由他們獲勝。

「天道表現得最好，分數排名第一呢。」

這次天道的表現更是出眾。正可謂殺氣騰騰，以緊咬不放的槍法接連擊倒敵人，為友軍開路。

「不，只是正好碰上了適合我打法的敵人。反倒是應該慶幸〈諸神黃昏〉既不是敵軍也不是友軍。」

「唔嗯！不過也是因為今天的參賽隊伍將近一百隊，第二、第三輪連續兩場比賽都跟特定隊伍排在一起的可能性微乎其微！」

「但是這麼一來我敢打賭。」

天道露出前所未見的嚴肅神情說了。

「我感覺決賽肯定會與〈諸神黃昏〉隊為敵。」

「真巧，我也是。」

我懂——岸嶺把這話吞了回去。從第一輪到準決賽的三場比賽當中，〈諸神黃昏〉第一場成為友軍，第二場沒有在同一個戰場上較勁。這麼一來接著就是決賽，他也覺得在這第四場比賽似乎會與他們為敵。

「但再贏一次就行了，只要再贏一次就是冠軍。決賽是六十四人對戰，在這麼多人當中就算是〈諸神黃昏〉隊應該也不可能表現得太過突出。」

看到天道鼓起幹勁，岸嶺感到很不可思議。她是這麼計較輸贏的人嗎？

杉鹿似乎也有同樣的想法。而她這個人的個性，就是有任何疑問直接說出來。

「妳是怎麼了啊，天道？今天的妳怎麼怪怪的？好像對輸贏很有壓力似的。」

「當然會有壓力了。因為今天這場大賽若是不能奪冠，現代遊戲社可能就要廢社了。」

「啊……」

這句話提醒了岸嶺。這下他知道她為何今天一整天都情緒緊繃，執著於勝利了。

「真抱歉，我都忘了。原來社長一直把這件事放在心裡。」

「不，你完全不用道歉。你們只要照平常的玩法去打就好，電玩本來就是要用來享受的。」

「是沒錯，但現在社團要是沒了，我們也一樣困擾。當然沒人想輸了。」

岸嶺不禁開始自我反省，責怪自己竟然沒看出天道煩惱的原因。真要說起來，這次廢社風波的起因就是自己的打工。再補上一點，最近社團沒能打下實際成績，自己的本領不夠純熟肯定也是原因之一。

這時，瀨名老師突然開口了。

「抱歉打斷諸位，我去個洗手間！決賽八成會比很久，建議你們也先去方便一下！」

話題講到這裡忽然說要去廁所。

雖說放屁生瘡不挑地方，但岸嶺的頭一個想法是：你也太不會察言觀色了吧。

不過，他立刻改變了想法。覺得這種刻意的舉動，也許有瀨名老師的考量在。事實上，他也的確有事情想請教瀨名老師。

「啊，那我也……」

於是，岸嶺急忙隨後追上瀨名老師。

可能是因為其他隊伍還在火熱較勁的關係，廁所裡沒有其他人。

「嗯！你果然跟過來了！」

瀨名老師的反應，像是早就知道他會跟來一樣。

看來過來這裡果然是有意義的。岸嶺說出心裡的疑問。

「老師，您早就察覺到社長今天一整天表情緊繃的原因了吧？」

「唔嗯，這是當然！」

「那為什麼都沒有任何表示呢？您好歹也是社團顧問，總該替學生去除不安的心情吧？」

「哇，你想得也太美了！只有遇到困難的時候才來找我嗎！」

一本正經的回答，讓岸嶺不禁啞口無言。

看到岸嶺當場呆住，瀨名老師咧嘴笑了。

「哈哈哈，開玩笑的！但事實上，我是認為我沒什麼好說的才會保持沉默！正如天道同學

所說，電玩是用來享受的！天道同學可能因為個性使然才會悶在心裡，但不需要連你們也跟著一起煩惱！你們用你們的方式享受樂趣就行了！」

他講得跟天道一樣正確合理。

「可是，成為隊友也是有緣啊。這樣好像把所有責任都推給社長似的，總覺得感覺不太對……」

「既然如此，要解決也很容易！只要今天贏得勝利，天道同學的煩惱等諸般問題便迎刃而解，不就是這樣而已嗎！」

「您說得是沒錯……」

天道恐怕也跟瀨名老師抱持著同樣的想法。總之不管怎樣，今天獲得優勝就行了。沒必要讓隊友背負壓力。

「可是我辦得到嗎？我每次根本都在當豬隊友。今天我也有可能害隊伍輸掉比賽，但是照社長的個性，就算真的變成那樣一定也不會怪我。甚至可能把所有責任都攬到自己身上。」

「我不會否認你的本領有過一段青澀的時期！但現在的你應該已經做好幫助天道同學的準備了！你不就是為了這個目的才會請電競選手當家教嗎！」

你怎麼知道的——岸嶺心生疑問，但事事向來瞞不過瀨名老師。想再多也沒用。

「你想成為天道同學的力量的話，方法很簡單，現在立刻展現你的訓練成果！第一個看出你有遊戲天分的是天道同學，現在你只要回應她的期許就對了！只要這樣做，所有不安因素就會瞬間煙消雲散！」

「……這麼不知天高地厚的事，我辦得到嗎？」

「不是辦不辦得到，是必須辦到！你也差不多該學會如何面對壓力了！這次輸掉比賽，現代遊戲社就得廢社，天道同學想必會傷心欲絕！你如果不在乎的話，就繼續講這些喪氣話吧！」

岸嶺心想：瀨名老師不愧是為人師表。

天道、杉鹿與瀨名老師都在盡自己的力量。岸嶺如果再繼續用初學者的身分逃避問題，一切就沒意義了。

是時候跟初學者的立場說再見了——這就是瀨名老師想表達的意思。

確認各個玩家的相對位置!!
M67 FRAG
極地監獄
解放軍進擊方向
俄軍進擊方向
BOKU T
KANOJO N
GAME SENSOU 7

1

「你們廁所上得真久。」

岸嶺跟瀨名老師一起回來後，杉鹿用這句話迎接二人。

「咦？喔，畢竟人很多嘛，廁所也在排隊。別說這個了，大賽怎麼樣了？」

「接下來要比敗部復活戰嘍。」

一看，兩位主持人正在舞台上解說敗部復活戰的規則。

『敗部復活戰將會從之前落敗的隊伍當中，特別給予四個隊伍晉級決賽的權利！』

『比賽方式採用團隊死鬥！統計團隊四名隊員的總得分，第一名的隊伍即可進軍決賽！請大家加油！』

參加敗部復活戰的隊伍總數超過八十隊。要在這當中擠進前四隊並非易事。

即使如此，敗部復活戰的第一局仍由《疾風過境》率領的〈甲斐原女學園遊戲文化研究社〉隊成為贏家。

「啊哈哈！看到沒，這就是我的真正實力！」

毫不顧忌落敗隊伍的心情，《疾風過境》的勝利宣言響徹會場。當然祇方院試著堵住《疾風過境》的嘴，但從她臉上也能看出贏家的從容。

「什麼，她們幾個也要進入決賽？真麻煩。」

杉鹿講出直率過頭的感想。

「不過真佩服她們，竟然在那種混戰當中搶下第一名……」

「誘敵埋伏的戰術打得實在漂亮！關東電玩社聯盟的領袖沒白當！」

在ＢＦ４的團隊死鬥模式，無論如何埋伏（Camper）就是比較有利。如果是同時對戰人數大約八人的遊戲，蹲在同一處可能到遊戲結束都還沒遇到敵人，導致賺不到分數；但ＢＦ４就是參加人數多。光是蹲在同一處敵人就會陸續到來，埋伏自然也就比較有利。

於是甲斐原的成員們，在遊戲一開始就立刻占據了最有利的埋伏點。接著她們刻意開槍出聲，或是送出捨命士兵引誘敵人，將他們逼入絕境，奪其性命。那種團隊戰術令人聯想到狼群狩獵，就這樣漂亮贏得了總分第一名。

2

後來又比了幾場敗部復活戰，終於選出了進軍決賽的十六隊六十四人。

然後進入休息時間，時間將近下午三點。

『在這炎炎夏日當中，今天的日本電玩大戰冠軍賽經過了一場又一場的激戰……讓各位久等了，決賽終於即將開始！』

主持人如此宣布後，現場掀起已不知是第幾次的盛大歡呼。

『那麼伊佐美，請解說比賽規則！』

『好的～決賽將徹底活用PS4的性能，以六十四人對戰的方式進行！決定勝敗的是《戰地風雲》最受玩家喜愛的大型征服模式，兵力值從四百開始！由先讓對方隊伍的兵力值歸零的一方獲勝！』

征服模式是BF系列最精采的模式，遊戲目的是比敵方占領更多地圖上四處分布的據點。只要能比對手隊伍占據並堅守更多據點，或者是擊倒敵方玩家就能減少對手隊伍的兵力值，最後使其歸零即可獲勝。雖然跟搶攻模式有點類似，但一個很大的差異在於征服模式會有載具登場。能夠自由乘坐戰車、直升機或戰鬥機等載具戰鬥正是ＢＦ系列的精髓。

此外，在搶攻模式下只能從同一小隊的隊員或特定的重生點重生。但在征服模式除了小隊成員之外，也可以從兩軍各自設定的總部、占領的據點或是運輸直升機、運輸車等部分載具重生。

再加上征服模式本身地圖相當廣大，如何控制重生點也是一大重點。

『此外，這次有ＢＦ４的特別規則！平常冠軍隊只會有一隊，但這次獲勝的八隊全部都是優勝隊伍，可獲得Ｇ點數一百點！』

聽到大河伊佐美的解說，會場發出佩服的讚嘆聲。

「要今天的參賽者跟其他隊伍聯手合作到底就對了吧。」

「不錯啊，我比較喜歡這種規則。」

即使是在玩遊戲，岸嶺仍然認為紛爭是越少越好。

『決賽還有另外一項特典！如同敗部復活戰的規定，賺取到最多分數的小隊將成為ＭＶＰ隊，獲贈與奪冠相同的一百點Ｇ點數！』

『也就是說就算輸了比賽，只要分數夠高就有機會得到獎勵吧——當然如果贏得優勝又成為ＭＶＰ，就是一舉獲得大量Ｇ點數的好機會！』

「那真是太感激了。能有更多留下實際成績的機會當然很好。」

天道的眼神變了。

『那麼就請伊佐美來發表決賽的地圖吧！』

『好的！大型征服模式，使用的地圖是荒野遊蹤！』

會場喧譁聲四起。不是歡呼聲，那種「喔——」聽起來比較類似恍然大悟。

荒野遊蹤在ＢＦ４當中，是首屈一指的大型地圖。如同英文名稱裡的 Railway 所示，地圖當中有一條橫貫東西的鐵軌，北邊是小型農村，中央有著小型房屋，南方則有類似工廠的兩棟大型建築物。整個地圖裡的建築物就這些，其他就是一望無際的荒野。由於大有戰車與直升機表現的機會，這個地圖可以讓玩家充分享受到ＢＦ系列最經典的征服模式之樂。附帶一提，ＢＦ４大多形成美軍對俄軍或解放軍的相對關係，但只有這個地圖是俄軍對解放軍。

『那麼現在公布隊伍組別！俄軍的第一個小隊是〈啊卡迪呀〉隊！接著是〈伊豆野宮學園現代遊戲社〉隊！』

「輪到我們了！諸位，我們走！」

在瀨名老師的帶領下，岸嶺等人前往對戰機台。

（問題是權田原先生……）

至少在這個當下，《宵闇之魔術師》比自己的隊伍更讓岸嶺在意。

他早就有所預感。在一共四輪比賽的淘汰賽，假設權田原等人一定能晉級，那麼如同瀨名老師所言，比起兩度成為友軍，成為一次敵軍的機率更高。

雖然說穿了不過就是可能性，但統計數字早已被證明不容輕視。

『俄軍的第七隊與第八隊是從敗部復活戰競逐晉級成功的〈甲斐原女學園現代遊戲研究社〉隊與〈北条五代〉隊！接著解放軍的第一隊是——』

大河伊佐美公布了俄軍的完整隊伍名單。

「不用跟甲斐原交手了。」

「是啊，心裡踏實多了。不過，這下就確定了。」

俄軍名單中，沒有包括〈諸神黃昏〉隊。這當然只代表了一件事。接著主持人宣布解放軍的參賽隊伍。

『解放軍第四隊是〈諸神黃昏〉隊！』

畢竟是一路所向披靡到準決賽的隊伍。隊名一出爐，會場掀起了短暫的騷動。

「果然還是得跟他們交手。只希望能獲勝就好。」

天道沒有隱藏憂慮的表情。

「擔心也沒用啦。我們只要盡自己所能就好嘍。」

「就是啊。就算是權田原先生，在六十四人對戰當中應該也沒辦法表現得那麼精采吧。」

「……我明白了，你們說得對。就相信練習的成果吧。」

說得一點也沒錯。要發揮砸下打工薪水請家教學到的成果，現在正是最佳時刻。

3

參加決賽的十六隊六十四人做好準備，首先是自訂士兵。

岸嶺主要使用的是工程兵。這在多種載具登場的征服模式是搶手兵種。

裝備是卡賓步槍，配備是Ｍ２ＳＬＡＭ——簡言之就是反戰車地雷。這種地雷不只地面，也能直接裝在牆壁或載具上，還有一項優點就是體積小，不容易被敵人發現。另一個配件是ＦＧＭ-１７２ＳＲＡＷ，是線控型的反戰車飛彈。雖然無法鎖定目標，但發射後可在某種程度上控制彈道，只要打得中，就連直升機也能一發擊墜。雖然攜帶能夠修理戰車等載具的維修工具也是個選擇，但在六十四人對戰當中就算是戰車，該被摧毀的時候瞬間就會被摧毀。還是應該以攻擊為重心。

「所以，我們一開始要打哪裡？」

「唔嗯！不同於搶攻模式，大型征服模式有很多據點！進行作戰會議時會用到這個！」

瀨名老師拿出了平板電腦。

「啊，這個不錯耶。好像某種新武器。」

「唔嗯，每次都用筆記本太無趣了！好，你們看這個！」

瀨名老師開啟了荒野遊蹤的大型征服模式地圖。

「荒野遊蹤的重要地點有二！中央與北方！我們也該針對其中一處進攻！」

大型征服模式的荒野遊蹤地圖，共有Ａ到Ｇ等七個據點。北方的村落有Ａ與Ｂ，地圖中央有Ｃ與Ｄ，而南方的工廠遺址則只有Ｆ一個據點。

剩下的Ｅ與Ｇ分別在地圖西邊與東邊，Ｅ位於俄軍總部的旁邊，Ｇ則位於解放軍總部的旁邊。換言之首先兩軍會各自取下Ｅ與Ｇ，然後從東西兩方在北方、中央與南方這三個地點爆發激烈衝突。

在征服模式當中取得較多據點的一方占優勢，能夠減少對手的兵力值。這麼一來比起只有一個據點的南方，攻打較多據點林立的北方村落或中央必然比較合理。

只是，南方的Ｆ據點也有它的優勢。

「記得占據南邊的Ｆ就可以操縱類似自走砲的載具對吧？乾脆去搶那個如何？」

「這很難做抉擇！的確有自走砲比較方便，但敵我雙方應該也有人想到同一件事！或許沒有必要特地去攻打這種險地！」

「的確……」

在六十四人對戰當中進攻險地，搞不好什麼收穫都沒有就被流彈打死了。瀨名老師說得對，岸嶺也覺得沒什麼必要自己闖進激戰區。

「嗯，那麼還是去中央吧。D據點由我方占據會比較好。」

D據點是位於鐵路上的火車據點，一開始位於中央。但舉例來講，如果由俄軍陣營占領就會慢慢移動到俄軍陣地——也就是西側。換言之可以將它拉到自軍陣地，之後要堅守就容易了。

「說定了！那麼諸位，提醒你們開戰後隨便找個載具坐上去！」

「好的。」

作戰計畫大致談妥，再來就等主持人宣布比賽開始。

『看來都準備好了。今天的最強軍團究竟是誰，請大家拭目以待！』

『ＪＧＢＣ《戰地風雲４》大賽決賽！正式開始！』

比賽終於開始了。

在征服模式當中，首先開始的是載具爭奪戰。從起點到各據點有著一大段距離，徒步會消耗太多時間。

因此必須先坐上戰車或全地形車。乘坐載具能夠快速抵達據點，而且如果是戰車的話即使碰上敵人也能占上風。尤其是這次特別規定只要賺到最高分數就能成為ＭＶＰ。可能是因為這樣的關係，五輛戰車才剛開戰就被其他小隊搶奪一空，攻擊直升機以及戰鬥機等載具也在眨眼間被坐滿。

「成功了，搶到全地形車了！坐上來吧！」

所幸天道成功跳上了全地形車。這種載具雖然配備了基本砲手座但戰鬥能力弱，只有移動力首屈一指。問題是只能供三人搭乘。

「我就不用了，我隨便找個運輸直升機搭便車！」

「了解，那我坐了！」

身為狙擊手的杉鹿不需要勉強上前線。大概是打算搭乘直升機隨便找個地方用降落傘降落，占據狙擊點吧。

岸嶺與瀨名老師一同坐上全地形車。岸嶺坐副駕駛座，瀨名老師坐全地形車配備的砲手座。

「好，我們走！」

全地形車奔行於荒野。我軍的起點旁邊有E據點，先占領該處再進軍可以賺取較多分數。但天道直接忽略E據點，趕往中央的C、D據點。她做出了正確的選擇，不是只顧隊伍的分數而是以我軍的勝利為優先。特別是友軍共有三十二人，不是誰都能坐上載具。把E據點交給沒能坐上載具的徒步士兵去搶才合理。

「前方上方有敵方戰鬥機！不過我們也奈何不了它就是了！」

瀨名老師似乎做了標記，地圖上顯示出敵方的戰鬥機。但戰鬥機很難攻擊吉普車，現在岸

嶺等人也沒有對空武器。目前只能互相視而不見。

吉普車繼續穿越道路，進入了荒野。天道的駕駛技術充滿爆發力，即使在荒地上依然暢行無阻。只要走錯一步就會撞上岩石而翻車，甚至可能發生爆炸車禍。但也許是天生好手吧，天道的駕駛技術出神入化，從未讓吉普車放慢速度。他們搶先眾人抵達D據點。

位於低谷底部的火車就是D據點了。據點的占據方式與搶攻模式無異。天道開著吉普車靠近目標後，畫面顯示占領計量表，並慢慢變滿。特別是可能因為有三個人的關係，上升速度非常快。

「好，再等一下就占領成功了。之後立刻準備迎擊敵人。」

天道提醒大家注意。

可以想見一定有敵軍正要來到這處據點。雖然可能是天道駕駛技術了得，他們搶在敵軍之前抵達，但敵人遲早還是會過來。

沒過多久，D據點火車就落入了岸嶺等俄軍的手裡。同時火車開始慢慢移動，駛向位於西方的俄軍陣地。

「分頭行動！我去南邊！」

「那我就去北邊！」

「好，我用火車負責迎擊！」

吉普車在現代戰爭當中是非常脆弱的載具。只要中個一發RPG，三個乘員就準備一起上西天了。

因此，岸嶺等人下車分頭行動。天道躲進D地點的北側，南邊由岸嶺藏身，火車則由瀨名老師直接坐進去，以火車配備的機槍做好攻擊準備。

不久敵人就衝了進來。

「糟了，是戰車！」

敵人如果開的是吉普車，三人開火就能輕鬆擊退，但戰車就沒轍了。光憑步兵持有的突擊步槍造成不了任何傷害，只有工程兵持有的反裝甲武器能夠奏效，不然就是偵察兵或支援兵持有的C4炸藥。

當然選擇工程兵的岸嶺把反戰車武器揹來了。但是要擊毀戰車，必須發射好幾發反戰車火箭才行。一個人很難辦到。

「不用擔心，我也選了工程兵。岸嶺，我們同時開砲！」

「咦！啊，不愧是社長！」

平常天道愛用的是突擊兵。但大概是知道這次的模式戰車吃香吧，她選用了工程兵。只要兩人一起開砲，擊毀戰車的可能性將大幅攀升。然而……

「你們倆等等！這裡我來想辦法，你們先躲著別出來，專心標記！」

瀨名老師制止了他們。

「看來老師另有想法，那就拜託您了！」

在這種時候，天道無條件選擇相信瀨名老師。

「唔嗯，包在我身上！」

操縱火車的瀨名老師，移動到戰車看不見的反方向——也就是火車的前進方向。然後在那裡按兵不動。

正在部署時，戰車來了。對方強行靠近火車，企圖奪回Ｄ據點。岸嶺沒有開槍，只是專心做標記。他把戰車放在視野中間，按下Ｒ２鈕。這下其他友軍的地圖上應該會顯示出戰車的位置。

不久，就在戰車靠近到即將碰到火車的時候……

「看，來了！」

突然發生了大爆炸。戰車也被波及，轉眼間變成破銅爛鐵。兩名敵方乘員連跳車都來不及就被一併炸死。

「您、您剛才做了什麼！」

「沒什麼，只是事先從火車丟出了Ｃ４罷了！我早就料到戰車如果沒看到我，就會強行接近！」

「原、原來如此……」

瀨名老師是站在來自東邊的解放軍戰車的立場思考。假如D據點周圍有俄軍士兵，他們一定會提高警戒，不敢亂衝過來。但岸嶺等人卻躲了起來，一槍都沒開。這麼一來敵方戰車想必會為了盡早奪回D據點，而急著接近火車。

然而鐵路上早已滿地都是瀨名老師擲出的C４炸藥。再來只要用岸嶺他們的標記確認戰車的位置，引爆C４就行了。

（原來如此，他是預測了對手的行動。就只是這樣而已。）

瀨名老師的槍法絕對稱不上好，但總是能預測對手的行動，將其玩弄於股掌之間。自己一定也辦得到。

「喂，C點正在激烈交戰！快去支援！」

聽到杉鹿的聲音，岸嶺打開全地圖確認戰況。

位於北方的A與B分別由俄軍與解放軍奪得一處，至於中央的C與南方的F據點，兩軍似乎仍在爭奪不休，依然保持中立狀態。

但就在他看著地圖的時候，中央的C據點開始閃爍紅光。這表示敵人奪得優勢，開始占領據點了。

「岸嶺，我們上！」

「是！」

「交給你們了，我暫時無法離開這裡！」

瀨名老師似乎打算繼續護衛火車。雖然會使得小隊戰力減少，但這是迫不得已的判斷。因為只要能讓D據點的火車移動到自軍陣地——西側地帶，之後會非常有利。在那之前理當繼續護衛火車。

岸嶺與天道一同前往C據點。C據點是地圖中央的一間小屋，位於D據點起始位置稍微往北的地方。

他與天道一起徒步前往。但是地點再怎麼近也不可能瞬間抵達，結果他們眼睜睜看著C據點落入敵人手裡，完全變成紅色。

不過就算一時被奪走，只要最終能夠奪回C據點就沒差了。

「我繼續從南方發動攻擊！麻煩岸嶺從西方進攻！」

「好的！」

在FPS當中，攻擊應該從多方向展開。如果能從偏東西兩方的位置攻打更好，但東側有敵方總部。一個弄不好可能會被來自東邊的敵人取得背後位置，況且也沒那餘裕移動那麼長的距離。岸嶺與天道從左右兩邊分頭行動，打算從西南兩方攻擊C據點。

這時，從西方逐漸靠近村子的岸嶺，就在北側發現了敵人蹤影。對方似乎正在往西北方移動，沒注意到他。

「發現敵人，正從C點北側前往西北！」

「既然是西北，必定是打算去搶奪A點。既然這樣就別理他，拿下C吧。」

「好的。」

這種時候與其亂開槍暴露自己的位置，不如視而不見直接奪得C據點比較划算。岸嶺暫且只做個標記，告知附近友軍敵人的位置。

或許該慶幸自己的位置沒曝光，他發現的敵人就這樣去了北方。

（趁現在。）

這回換他立刻潛入C據點的房屋。只要在住家當中採取埋伏態勢，就不會那麼容易被擊殺。占領量表逐漸上升，C據點很快就變成中立狀態。不同於搶攻模式，征服模式可以從據點重生。但是一旦據點變成中立就不行了。這下附近一帶的安全應已得到保障。

然而就在這時，狀況發生了。占領量表突然停止上升。這證明了一件事，就是C據點周圍不只友軍，也有敵人存在。

「社長，敵人來了……！」

「我知道，你繼續警戒周圍狀況。」

站在敵人的角度，只要看地圖就會知道C據點已被俄軍入侵，變成中立狀態。想必是周圍

的敵人急著趕過來了。

「敵人去C點了！北側過來了兩人！」

杉鹿報告敵人的行動。她目前的位置標誌位於地圖中央西側，想必是待在能將C據點納入視野的地點，做好了狙擊的準備吧。

「岸嶺，你迎擊敵人！我一面繞過去一面警戒東方，那邊也很可怕！」

「收、收到！」

解放軍總部的所在地東方，隨時可能有敵人過來。而且從杉鹿的位置看不見東方。對東方提高戒備意義重大。

岸嶺從房屋的出入口探出上半身確保射擊線通暢，準備迎擊來自北側的敵人。埋伏是玩FPS的有效戰術，而且自己待在房屋這種絕佳地點之中。待在這裡不但被彈面積較小，房屋裡又陰暗，從外面一時很難看清裡面有沒有人，易於發動奇襲。

占領量表仍然沒有增加或減少。換言之，進入占領範圍的敵人人數，與己方同樣是兩人。

就在這時，敵人發動了意想不到的攻擊。

對方丟了手榴彈過來。而且是隔著住家外面的圍牆，準確無比地扔進岸嶺埋伏的房屋內。

「咦！」

這下只有逃跑一途。岸嶺急忙衝出屋外。

敵人就潛藏於附近卻衝出屋外等於是自殺行為。他遭到敵人輕鬆狙殺。

「嗚，我被殺了！請小心！」

他不明白敵人是怎麼察知他的位置，丟手榴彈過來。敵人已經知道他正在占領C據點，所以行蹤本身想必早就敗露了。但是他沒有開槍，不太可能在不知不覺中被敵人標記。

（不對，我懂了。是想法被看穿了。）

在這個地圖想搶C據點，標準做法就是躲進房屋。敵人一定是很清楚這點，才會先往屋子裡扔手榴彈。如同方才瀨名老師猜出敵方戰車的行動將其擊毀，這次換自己的行動被猜到了。

（可惡！竟然連一槍都沒能回擊！）

他是敗在心理戰上。在一個大意就會被開槍打死的FPS當中，這是致命性的失敗也是奇恥大辱。

「幹掉一人！但是情況不妙，敵人接二連三出現！」

天道奮勇應戰。岸嶺很想盡快從她那裡進行小隊重生，但是被擊殺後必須等上超過十秒才能再次出擊。只能祝她順利脫險了。

「撐住啊，祇方院駕駛的戰車就快到妳那邊了！」

「話是這麼說……啊啊！我被殺了！」

天道也在多帶一個敵人陪葬的狀態下，終究還是被擊殺了。

「沒關係，諸位幹得好！你們爭取時間沒白費，援軍抵達C點了！」

◆

這時開戰車趕到的祇方院看到C據點的友軍反應消失，同時也發現死亡紀錄裡顯示了「TENDO」這個角色名稱。

「呵呵呵，天道，看看妳這窩囊相。也好，C據點交給我們就是了。」

祇方院硬是開著戰車闖進C據點。她先往敵人可能潛藏的房屋發射主砲。

簡直就像被驅趕的蟲子一樣，敵方步兵急忙連滾帶爬地跑出來。

「哈哈哈，一群肉靶子的啦——」

白痴社長在戰車副駕駛座用機槍打個不停，掃蕩他們。

雖然能夠漂亮擊殺拚命逃跑的敵兵的確厲害，但看來白痴就是白痴，她亂開機槍到處掃射。

「喂，不要浪費太多子彈啦！遇到緊急情況的時候沒子彈怎麼辦！」

「妳很囉唆耶——我自有我的理由啦！這附近就算躲著敵人也不奇怪啊！」

「啊，糟了！敵方步兵正在接近戰車！」

這時，武藤理緒警告她們。可能是幫忙標記了，敵方步兵顯示在小地圖上。

就在祇方院駕駛的戰車旁邊。

「糟糕，敵人在安裝某種東西！一定是C４！」

C４炸藥不只可以設置於地面，也能逼近敵方戰車直接裝上，將其炸毀。

「不是吧！喂，白痴社長，快用機槍迎擊！」

「啊，慘了！射擊太久讓機槍過熱了！」

「妳這笨蛋！所以我不是說了嗎！」

敵方步兵裝好C４就退開了。

緊接著，巨大爆炸吞沒了祇方院她們。

◆

中央C據點的爭奪戰豈止分不出勝負，甚至愈演愈烈。源源不斷來自東西兩方的敵軍與友軍，造成雙方都無法占領C據點。

「看來開場階段是打成平手了。」

杉鹿說得對，七個據點裡俄軍與解放軍幾乎各占一半。首先鄰近兩軍總部的E與G據點，當然由兩軍各占一處。位於北方村落的A與B也由俄軍與解放軍各占一處，中央的C點依然不

分勝負，處於中立狀態。南方孤零零的F據點被解放軍奪走，但相對地火車的D據點則由俄軍占去。特別是移動式的D據點由於受到俄軍長時間占據，已移動到相當靠西的位置。這下D據點就變得容易防守，為俄軍帶來了優勢。

「重新來過，從我這邊重生！從南方進攻才是正解！」

在這種時候瀨名老師總是判斷迅速。瀨名老師早已從不知何處弄來了吉普車，開往南方孤零零的F據點。

「南方？不是北方？」

在這個地圖當中，在北側村落周遭有著許多據點。占領北方比較容易得到高分是不言自明的事。

「開場階段的南方攻防戰似乎是我軍落敗！也就是說M１４２被搶走了！F據點爭奪戰如今告一段落，趁現在過去摧毀它比較好！」

「對喔，自走砲被搶走了。」

M１４２自走火箭砲是一種載具，簡單來說就是裝載了迫擊砲的卡車型武器。雖然迫擊砲本身的威力不算大，但能夠從遠在敵方射程外的距離單方面開火，而且因為是載具所以能夠在地圖上自由移動。儘管只要讓戰車、攻擊直升機甚至是工程兵靠近就能輕易擊毀，但一旦被它跑了就會非常難以應付。特別是六十四人對戰的征服模式，光是被敵人隨意轟炸據點就夠棘手了。

「我明白了，那麼岸嶺，我們也加入南面攻勢吧。」

「那我也把F納入視野嘍。」

天道與岸嶺兩人小隊重生到瀨名老師的吉普車上，杉鹿也換了狙擊位置。

吉普車靠近F據點一棟像是大箱子的建築物。不過，現在F點哪裡有敵人都不奇怪。笨笨地直接開載具進去太魯莽了。

於是瀨名老師繞道南下，從F據點的西南方靠近。

「你們下車比較好！我開吉普車衝進去當誘餌，你們趁機發動攻擊！」

「收到，岸嶺，我們走！」

岸嶺伴著天道，幾乎是跳下了吉普車，然後直接靠近大型建築物。至於瀨名老師的吉普車則直接由南往東開。載具無論如何就是顯眼，動作那麼大鐵定會被敵人標記。

事實上，這時雷達顯示了敵方步兵的反應。恐怕是正在用某種砲火攻擊吉普車吧。

「我要衝進去，背後拜託妳了！」

他靠近顯示在雷達上的敵人反應。可能是誘餌作戰奏效了，他取得了對手的側面位置。

岸嶺即刻將卡賓槍口轉向敵人，連續射擊。先發制人在FPS當中壓倒性有利，他毫無困難地成功擊殺敵人。

但是接下來才是問題所在。因為其他敵人會聽見這裡的槍聲而趕來。

在這種情況下，沒時間逃跑。這是因為敵人可能在他轉身的瞬間到來，與其胡亂移動不如做好準備應付下一個敵人。甚至可以說擺著不管敵人也會主動過來，所以也是埋伏的好機會。

岸嶺壓低姿勢等敵人上門。不過這種戰術也有缺點。如果敵人從預測的方向過來，是可以埋伏偷襲。但操縱敵人角色的不是NPC而是活人，沒義務照著他的想法行動。

這時偏偏就是這種情況，敵人現身對他開槍了。假如是來自前方的話岸嶺或許也能還擊取勝，但卻是來自側面。

這下就連應戰都有困難，終究還是被擊倒了。不過，岸嶺同時也在當誘餌。敵人攻擊他導致自己的蹤影暴露在雷達上。

「好，幫你報仇了！」

天道輕鬆幫忙擊倒敵人。這下就扯平了。

「好了，快起來！」

「啊，謝謝。」

天道把電擊器按在岸嶺的屍體上，順便丟了個醫療包給他用。之後擺著體力就會自動恢復到滿。

不知該說令人意外，或是這個南方據點已經用不到了，似乎沒有其他敵人過來。再過不久

Ｆ據點就會落入俄軍手裡，這下不但俄軍可以奪得優勢，而且以小隊單位行動，一面排除敵人一面占領據點可以賺到相當高的積分。雖然沒時間做確認，但岸嶺等人的小隊應該已經擠進相當高的排名。

「該死，太遲了！Ｍ１４２早就一點痕跡都不剩了！」

難得聽到瀨名老師出聲咒罵。

「難怪這裡幾乎沒有士兵防守，果然是因為已經用不到了……」

「那你們就快點北上呀！Ｃ也被攻下了，得盡快北上攻打Ｃ以及ＡＢ線才行！」

「說得對，那麼岸嶺，麻煩你坐上那輛吉普車。」

「收到！」

聽從天道的指示，岸嶺到吉普車的砲手座就位，順便開啟全地圖。

在他們占領Ｆ的過程中，戰況發生了劇變。首先中央的Ｃ攻防戰似乎由解放軍得勝。相對地北部村落的ＡＢ據點則成了俄軍之物。然而Ａ目前似乎正遭到攻打，據點的顏色忽紅忽白。兵力值則是以些微之差輸給敵軍。

「我方俄軍稍稍屈居劣勢啊……畢竟因為《宵闇之魔術師》在敵人那邊嗎？」

可能是同樣也在確認戰況，天道低喃了。

「如果那傢伙站在敵對一方都還只有這點程度的話，反而該謝天謝地了。」

「唔嗯！不過也有可能只是還沒拿出真本事！」

「請你們倆不要說這種不吉利的話好嗎……」

杉鹿與瀨名老師這兩個總是膽大包天的人，脫口說出不吉利的話。

這也就表示，這並不只是預感。兩人是基於玩家的經驗與直覺，宣告《宵闇之魔術師》還沒拿出真本事。

◆

權田原也就是《宵闇之魔術師》領軍的〈諸神黃昏〉隊，目前還沒有做出亮眼的表現。而這也是無可奈何。首先ＢＦ４的征服模式在開場階段，最重要的是盡早搶占據點。儘管在過程當中有發生遇敵，但這種遭遇戰容易演變成混戰，沒什麼權田原展現身手的餘地。

再說，他們還需要一樣東西。玩ＢＦ４有可能從任何方向遭受敵方的火力襲擊。一旦被敵人從四面八方開火，《宵闇之魔術師》就算有三頭六臂也將無力招架。然而如果加上一個設備，就能大幅改變此種狀況。

「Ｍ１４２，退避結束。這下就能放心開砲了。」

隊上遊戲經驗最豐富的ＬＫＫ主義者向他報告。

權田原不禁得意地竊笑。

「很好。那麼諸位，差不多可以進攻了。」

「可以。目標是AB，還有中央的C對吧？」

《勝利狂》明明正在玩遊戲，卻一邊喀喀咬碎巧克力糖一邊回答。

這個名叫荒野遊蹤的地圖雖然幾乎都是平原，但AB兩個據點坐落的北部有個村落。那個村落正是權田原最擅長的地形。

「對。隊形採三人縱隊，芭蕾塔帶頭，《勝利狂》殿後。請大家照我的指示衝鋒。」

「終於要開始了啊。那先鋒就交給我吧。」

芭蕾塔的語氣也變得稍微強硬。她平時雖然比較文靜，但在玩遊戲時屬於容易全心投入的類型。

就這樣，〈諸神黃昏〉展開行動了。但是必須再過一段時間，觀眾才會察覺到這點。

4

一項巨大的變化，開始發生在岸嶺等俄軍身上。

「唔，不妙！從剛才到現在，ＡＢ被占領的時間變得很長！」

頭一個注意到這點的是瀨名老師。就大局觀這點而論，無人能出瀨名老師之右。

「經你這麼一說，兵力值是開始輸滿多的。」

「當然了，ＡＢＣ都被搶走了嘛。得努力確保北方的優勢才行。」

這個地圖有七個據點。其中尤其是北方村落的ＡＢ，以及位於中央偏北側的Ｃ這三個據點，距離非常近。例如假設Ｂ被奪走，只要從ＡＣ派兵攻打就能輕鬆奪回。

但是要攻打北部ＡＢＣ以外的據點，無論如何都得駕駛載具移動一大段距離。既然攻打一個據點需要耗費大量時間，自軍的其他據點在防守上難免變得比較薄弱。

打這個地圖，著重於如何確保ＡＢＣ據點。當然其他友軍以及敵軍，想必也都明白這點。ＡＢＣ周邊沒有一刻不發生激戰。岸嶺等俄軍雖然好歹也能占領ＡＢＣ之中的一處據點，但隨即遭受其餘兩處據點的攻擊，總是無法保住超過兩處據點。結果遲遲無法推翻解放軍的優勢。

「好，勉強打下Ｃ了！我們走，岸嶺，總之得打垮ＡＢ才行。」

「是，我跟妳走！」

岸嶺也跟天道或瀨名老師一同出擊過好幾次，攻進了北方村落，但卻屢嘗敗績。ＦＰＳ總是守方有利，攻進一度占優勢的敵軍占領區域，本身就有風險。

即使攻進了村落也會被躲在民宅裡的敵兵擊殺。如果只是這樣還好，有時甚至根本沒看到敵人蹤影，就被忽然發生的爆炸炸死了。

「咦，我是怎麼死的！啊，是迫擊砲！」

按照BF4的遊戲設計，當自己被某人擊殺時會播出下手者的影像。擊殺岸嶺的，是在開場階段被敵軍從南方F據點奪走的M142自走式火箭砲。車手的名字寫著「LOATLIST」。

「啊，難道是LKK主義者！」

記得對方有介紹過，是〈諸神黃昏〉的隊員之一。

「那個玩家，似乎相當會用迫擊砲！你看得分板！」

岸嶺照著瀨名老師所說，開啟得分板搜尋名叫「LOATLIST」的敵兵。

「什麼，二十殺一死？」

以擊殺比來說就是二十。如果是初學者對抗高手的比賽也就算了，在強者雲集的決賽怎麼想都不可能打出這種數字。但如果是用迫擊砲就能理解了，因為用那種載具可以從遠處單方面地打個過癮。但是迫擊砲火從發射到彈著會延遲一段時間，而且威力不足以一發擊倒敵人。照理來講必須相當準確地掌握敵方動靜，連續開砲才能達到二十殺這種數字。

「我是不知道他是怎麼辦到的，總之迫擊砲的掩護射擊似乎打得相當準！導致友軍無法前進！」

「喂，情況不妙！C又被打下了！」

「不會吧！妳以為有多少友軍從C點出擊啊！」

就連瀨名老師的語氣也罕見地變得焦慮。

為了攻打ＡＢ，岸嶺等俄軍現在經常從C地點出擊。要奪下這個C點，對敵軍來說應該不是件容易的事。

「我知道了，是〈諸神黃昏〉隊！那幫人終於認真起來了！」

「咦！您是說《宵闇之魔術師》就在那裡嗎！」

「不，我完全沒看到他！但我看全地圖與擊殺紀錄就知道了，明明沒有顯示任何敵方反應，我軍士兵卻接二連三地被幹掉！恐怕是用消音器與迫擊砲，在地圖上不留痕跡地行動，接連擊殺地圖各處的我方士兵！」

消音器。從第一輪比賽到準決賽之間，他們已經用過很多次這種武器。

「也就是說他們不直接占據據點，而是只打倒據點周邊的敵人嗎……」

「恐怕就是這樣了，天道同學！然後等守備變得薄弱，再由其他解放軍士兵來占據！」

想在戰場上不留痕跡地移動很困難。ＢＦ4有可以偵測一定距離內敵人的裝備，更何況還有標記功能。特別是這個地圖，如果是民宅較多的ＡＢ周邊也就算了，位於不遠處的C點周邊有很多開闊場所。想在那種地方躲過三十二人的眼睛移動，怎麼想都覺得不可能。

◆

芭蕾塔與《宵闇之魔術師》裝備消音器。《勝利狂》負責偵察，ＬＫＫ主義者則是正在操縱Ｍ１４２自走式火箭砲。由他們四人來擾亂敵軍，正是〈諸神黃昏〉隊採用的戰術。

「發現敵人。方向西南，西北也來了。」

首先由《勝利狂》標記前進路線上的敵人。對偵察兵而言，標記遠處的敵人只是件小事。確認過敵人位置後，再由《宵闇之魔術師》做出攻擊指示。

「芭蕾塔，我們就這樣衝向西南。請求砲擊，７之４，７之５。」

「收到。彈數只剩六喔。」

「西南方的敵人我已經擊倒了。」

「ＯＫ，我們繼續前進。《勝利狂》，請進入這間屋子確保視線通暢。」

關鍵人物是只不過指示座標，就能幫忙準確砲轟該處的ＬＫＫ主義者。

『我年紀大了，槍法已經贏不過年輕人了。所以只能靠知識與經驗彌補。』

而這個ＬＫＫ主義者努力練出的擅用武器就是迫擊砲。

迫擊砲可以在地圖上指定位置，灑下砲彈大雨。要一個人操作這整個過程是件難事。首先地圖上必須顯示敵方位置才能有效轟炸，操縱者只能等敵人開火或是友軍做標記。而且著彈需要時間，因此單純射擊常常打不中目標。真要說起來，就算地圖上出現了敵人反應，迫擊砲也不見得適用於該處地形。如果沒發現敵人其實躲在房屋裡就開砲，那樣什麼意義都沒有。

於是，ＬＫＫ主義者與權田原一起苦練，目的是以小隊單位運用迫擊砲。為此必須將地圖細分成幾塊，以正確的座標加以管理，記住每個位置。再來只要在前線作戰的權田原指示所需位置，就能正確轟炸了。

這種由前線士兵目視敵人再指示砲擊的戰術極其有利。但是要熟記在廣大地圖上設定的座標不是件易事。即使如此，權田原與ＬＫＫ主義者還是辦到了。

「如果光靠背誦就能變強，我心甘情願。」這是ＬＫＫ主義者的說法；「如果是為了辭掉工作成為電競選手，我心甘情願。」這是權田原的說法。

「西方有戰車接近！」

從附近民宅二樓進行偵察的《勝利狂》報告狀況。

徒步前進的權田原等人最必須戒備的，就是戰車。不過，他們早已做好對策。權田原與芭蕾塔就是為了這點，才會同樣以工程兵出擊。

戰車是地表最強軍武。步兵持有的幾乎所有武器都無法傷到它分毫，就算是反戰車武器，它也能輕鬆抵擋個兩三發。

然而，它也有其弱點。首先它無法靈活行動，而且主砲上揚的角度有限，因此難以應付來自上方的敵人。雖然只要有機槍手在就另當別論，但機槍打不壞建築物。因此還是很難應付躲在建築物二樓的敵人。

「開始照射雷射！」

《勝利狂》從二樓使用ＰＬＤ。Portable Laser Designator，也就是個人雷射指示器。簡言之就是用來讓友軍得知戰車正確位置的鎖定替代武器。

「敵方戰車丟煙幕！他怕了！」

敵方戰車也會知道自己遭到雷射照射。想必是對攻擊有戒心才會使用煙幕，打算開溜吧。

不過，這早就在計畫之內了。占得了好位置的《勝利狂》雷射會緊咬不放，煙幕也不能連續使用。

「我們上，芭蕾塔，準備標槍。」

「隨時都行。」

「發射！」

標槍是一種反車輛武器，為了在發射後繼續控制彈道，必須持續鎖定戰車等載具目標。換言之就是面對危險的敵方戰車，必須暴露出自己的行蹤。但是只要有友軍幫忙照射雷射，就不用冒這個險了。只要隨便射出標槍，它就會自動飛向受到雷射照射的戰車。

戰車這種地表最強軍武無法發射兩發標槍就摧毀，但是有可能使其半毀。這麼一來對手不

是落荒而逃，就是後退進行修理，也有可能由其他友軍給予致命一擊。

無論如何都足以把它趕走。尤其是在戰場上，能夠暫時排除敵方戰力就有可能掌控戰區。

「敵方戰車後退！」

「ＯＫ，開始掃蕩Ａ！上啊，芭蕾塔！」

「好的！」

權田原等人絕不靠近據點。據點可以由其他友軍去占領，他們只專心在敵方據點周圍悄然無聲地到處行動，排除敵人。

而最大的重點是，只要判斷自軍可以占領敵方據點，就立刻前往下一個攻擊目標。據點成為中立狀態或是被占領時，據點圖示會開始閃爍，強調得十分顯眼。這麼一來敵我雙方都會想設法奪下或是守住該據點，造成對其他區域的注意分散。他們就趁這個空檔前往下一個地點，一一暗殺敵人。

5

「糟、糟了。差距越拉越大……！」

天道驚慌失措。

從來沒看過她這麼慌張的模樣。

「兵力值的差距已經到了五十以上……！對付《宵闇之魔術師》被拉開這麼大的差距，豈不是……！」

岸嶺不禁停止玩遊戲，看向天道。

平常總是英氣凜然，宛如伊豆野宮學園全體學生榜樣的她，如今卻哭喪著臉。

岸嶺無法不負責任地說「還有機會反敗為勝」。像征服模式這種互相削減戰力的比賽，由於難以避免地會突顯出隊伍的基礎實力，反敗為勝的餘地也就小之又小。如果是容易出現一些玩家只想搶積分而不顧團隊勝利的隨機對戰還另當別論，以目前這種所有人無不為了團隊勝利而採取最佳行動的狀況來說，更是找不到反敗為勝的機會。

「……以這個狀況來說，是很困難。」

可能是明白這點吧，就連杉鹿也說不出任何激勵的話。

「我、我不要……！現代遊戲社才剛剛起步，連半年都不到。接下來才要正式開始活動啊……！」

由於正在玩遊戲所以看不到表情，但天道說不定已經哭出來了。

岸嶺以前也曾經在電玩大賽落敗，而當著眾人的面哭出來，十分能夠體會她的心情。更何

況岸嶺知道她是費了多大的苦心，才能成立電玩社團。

自然而然地，他想起了瀨名老師說過的話。他說——你必須成為她的力量，你不就是為了這個才努力練習嗎？

（就是啊。我該怎麼做才能幫助社長……）

所有答案他從一開始就心知肚明。再來只需要一點點決斷力即可。

「社長，請聽我說幾句話。」

岸嶺慢慢開口了。

「是這樣的，我覺得就算今天沒能獲勝，也還是有辦法可想。」

天道似乎愣了一愣，把臉轉向他這邊。看來的確是稍微哭了一下。

「為什麼？我們已經沒剩多少時間了。就算再去參加其他大賽，恐怕也很難奪冠。因為我們一直都在集中練習ＢＦ４。」

「我不是這個意思。比方說就算社團沒了，登錄在ＪＧＢＣ的〈伊豆野宮學園現代遊戲社〉隊也不會就此消失啊。」

「是沒錯，但是那樣我們就不能使用社辦了。再說，電競練習就是要聚在一起練才有意義不是嗎？」

「地點只是小問題，總有辦法可想的。我最近還買了ＰＳ４給自己玩呢。」

「這樣是不行的，岸嶺。就是要以社團活動的形式在學校團練才有意義。在校外練習招攬不到新社員，也無法提供其他學生玩電動的機會。」

「啊，抱歉。呃，該怎麼說才好……簡單來說，我有個想法。雖然不成功的可能性比較大，但能不能把〈諸神黃昏〉交給我來對付？在這段期間，我想請大家攻打據點。」

明明正在玩遊戲，他卻能感覺到杉鹿的視線看了過來。

「你是認真的嗎？那些傢伙不是一個人能對付得了的對手吧。」

「不，不是喔，杉鹿同學！岸嶺同學是在說他要賭一把！但是也有可能賭輸，所以如果失敗了希望大家笑笑就好，他是這個意思！」

或許該說果然厲害吧，瀨名老師一下子就從岸嶺笨拙的說明聽出了他的用意。

「賭一把？什麼意思，岸嶺？」

「我的意思是說——打個比方，如果我能一個人阻擋〈諸神黃昏〉的話，這段期間應該會有反敗為勝的機會吧？」

「那還用說嗎？如果有人能獨自阻擋最強小隊的話。但你辦得到嗎？就你一個人阻擋他們幾個？」

「所以才說是賭一把啊。反正再這樣下去是輸定了，但假如成功的話或許可以反敗為勝。再說，我也有我的打算。說不定最起碼可以拖延他們的腳步。」

這是半點不假的真心話。這樣做的確是一種賭注，《宵闇之魔術師》領軍的〈諸神黃昏〉隊實力如假包換。但岸嶺此時抱持著一點想法，認為或許還有辦法可想。只要還有一點辦法，就不能輕言放棄、舉手投降。

「我認為不是不可能！」

瀨名老師幫他說話。

「我一直在觀察敵人的動作，發現〈諸神黃昏〉隊以外的敵人都只會直線移動！理由我懂，因為目前據點周圍的敵人都有〈諸神黃昏〉幫忙剷除，看在其他敵人眼裡，只要能迅速抵達敵方據點就能占領了。特別是占領據點可以賺取大筆分數，可以說他們現在是完全依賴〈諸神黃昏〉隊了！」

「原來如此。也就是說假如現在能阻止〈諸神黃昏〉的動作，或許就可以一口氣改變局勢嘍。」

「沒錯！特別是打團體戰時，最可怕的就是沒發現局勢已經改變！假如看到兵力值差了多達五十點而認為勝券在握，想必更難察覺到變化！」

天道只看了一次岸嶺的臉，然後用心情稍微變得暢快的神情說了：

「知道了，就交給你吧。」

天道已經恢復常態了。

「你說這麼做有勝算，那麼我樂意賭賭看。就算最後輸掉比賽，也比輕言放棄來得好多了。」

「是，交給我吧。」

嘴上是這麼說，但岸嶺不知道計畫會不會順利。自己的抗壓性本來就不高。

但是，天道是他的大恩人。正是她把只會悶頭看書的岸嶺帶出來，讓他看見新的世界。現在自己或許有機會可以向天道報恩。想到這裡，就覺得稍微有了點幹勁。也或許是長時間練習的成果，多少讓自己建立了點自信。

（好，來試試吧。）

岸嶺急忙進入士兵裝備的自訂畫面。

遊戲玩到現在讓他隱約掌握到了一件事。老手玩家為什麼厲害？當然也是因為以槍法為首的各種能力都很出色，但不只是如此。

向勒斯特求教過的現在，他很明白箇中原因。包括《宵闇之魔術師》在內，老手玩家的行動總是比別人有效率。為了獲勝必須有效率地賺取積分。為此又需要有效率地移動，有效率地狙擊。在有效率的地點埋伏藏身，選擇有效率的時機發動攻擊。初學者與老手之間的差異不過如此。當然，要達到老手玩家的層次，必須收集數不勝數的知識，累積數不勝數的經驗就是了。

只是，這次《宵闇之魔術師》等人的行動有些特殊。例如在征服模式下，占領據點是玩家的第一目的，但《宵闇之魔術師》等人卻沒這麼做。他們把據點交給友軍去占領，自己只為了清除敵人而行動。所以將爭奪據點視為第一目標的岸嶺等俄軍才會贏不過他們。舉例來講，想占領據點就得接近據點。換個說法，這就等於是縮小自己的行動範圍。更何況要迅速接近據點，移動路線自然會變成一直線。再加上〈諸神黃昏〉隊還有神準的支援砲擊。

但是舉例來講，也可以說以「裝備消音器，第一優先清除敵人」作為前提，《宵闇之魔術師》會永遠為了達成目標而採取最有效率的行動。勒斯特不是也說過嗎？她說「考慮到老手的行動總是極具效率，其實反而很好猜」。又說真正難猜的其實是不知道會如何行動的新手。就這點來說，應該有反擊的餘地。

（做好準備了。行動吧。）

岸嶺把出擊地點選在友軍的運輸直升機，降落在戰場上。

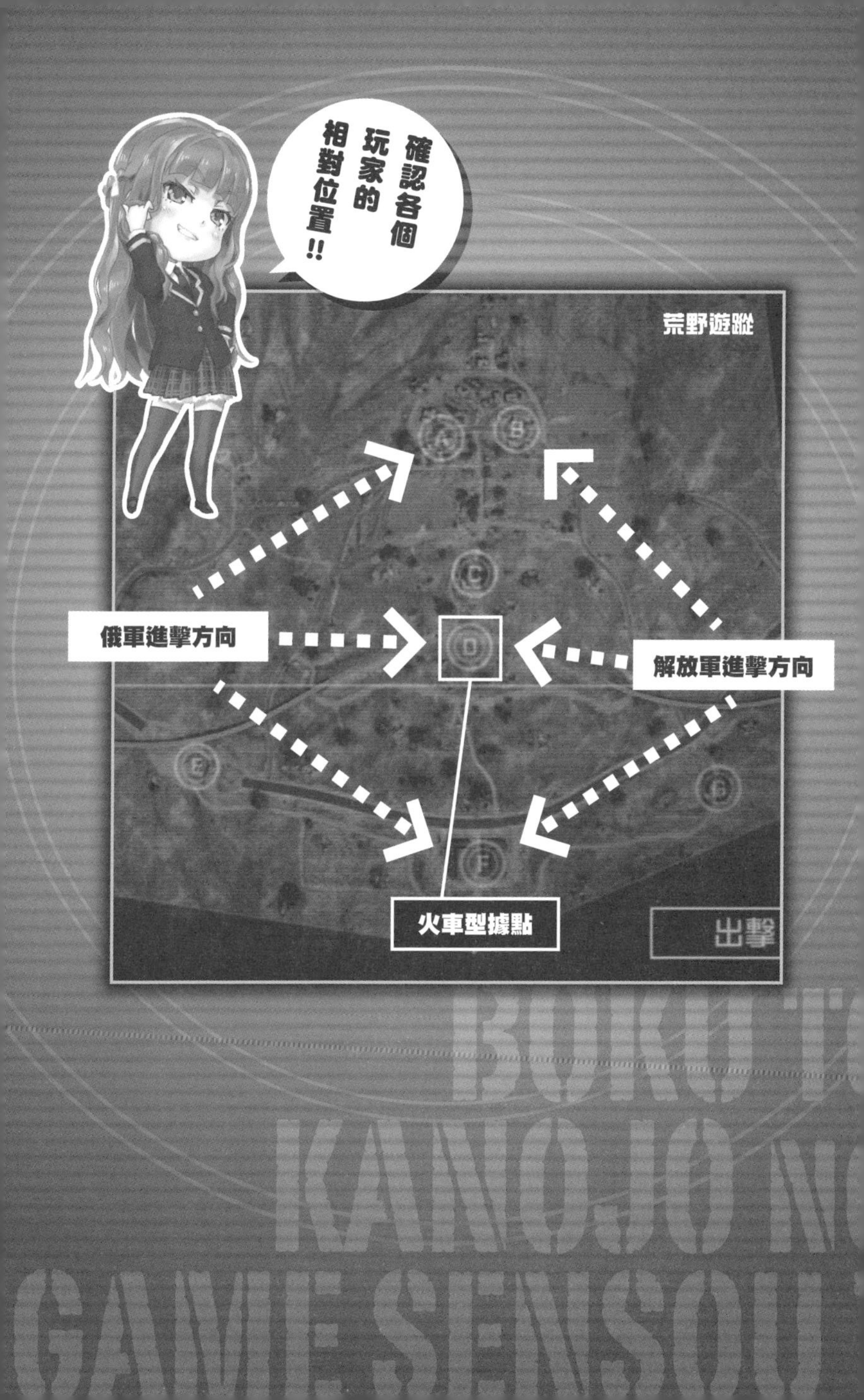
確認各個玩家的相對位置!!
荒野遊蹤
俄軍進擊方向
解放軍進擊方向
火車型據點
出擊
BOKU T
KANOJO N
GAME SENSOU

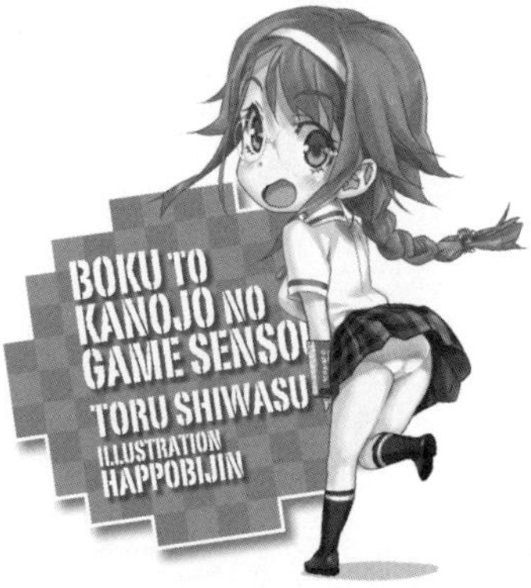
BOKU TO
KANOJO NO
GAME SENSO
TORU SHIWASU
ILLUSTRATION
HAPPOBIJIN

1

我很清楚，戰場（Battlefield）正在逼近我的眼前。

我待在飛往前線的運輸直升機上。即使離前線還有很長一段距離，爆炸聲與砲聲仍然不絕於耳。

這時，敵軍的戰鬥機飛來了。這對直升機而言是強敵。

首先敵軍朝我們發射空對空飛彈。不祥的警告音嗶嗶響起。

直升機機師即刻展開熱誘彈，險象環生地閃過飛彈，但接著又遭到機槍掃射，不祥的砰砰聲響遍四周。

我不禁考慮是否該跳機，但這時友軍的戰鬥機來了。兩架戰鬥機即刻展開纏鬥，不知飛往何處去了。

看來至少不用跟直升機共赴黃泉了，這樣用不了多久就能抵達前線。我拿出平板電腦，確認戰況。

就在剛才，C據點被解放軍搶下了。這下就等於地圖北方的A、B、C三個據點全落入敵軍手裡。

但我們俄軍也從總部派出了戰車，正在靠近A據點。下一個戰場肯定就是這裡。

我想了一下。在這種狀態下假如《宵闇之魔術師》攻來，會是從哪裡，又會如何出招？

就在這時，不祥的嗶嗶警告音又開始響起。不是直升機，恐怕是步兵的可攜式地對空飛彈。

才剛用過熱誘彈的直升機無法躲開高速機動的飛彈。機身中彈，旋翼離線。

直升機失去控制，高度不斷下跌。雖然機師拚命操作，設法完成將士兵送到前線的任務，但只要現在再次遭受飛彈攻擊，全體乘員就死定了。

所幸，直升機成功迫近了A地點。之後徒步也行，我們幾名乘員陸續跳下直升機。

我們在空無一物的空中變成自由落體。當然降落傘就帶在身上，但在戰場空域飄降無啻於自殺行為。要等到十分逼近地面才能開傘。

大夥兒有驚無險地控制好降落速度，平安落地。地點在A據點的西南方附近。

敵軍方才已經奪下了C據點。之所以能辦到，自然是因為〈諸神黃昏〉小隊的介入。

A據點就是下一個激戰區，這點〈諸神黃昏〉小隊應該也很容易想像得到。從俄軍總部派出載具很容易抵達A據點。雖然俄軍的奇襲部隊或是C據點的殘兵敗將也可能對其他據點發動攻擊，但從可能性的大小而論，可以料到下個激戰區必然是A點。

攻擊過C點的他們如果要前往A點，會走哪條路線？

由於連結AC兩點的直線上零星散布著敵我士兵，他們應該不會走這裡。這麼一來能想到的路線就有兩條。亦即從C點往西南方迂迴，從A點的西南方向發動奇襲；或是先從C北上，再從東邊包抄A點。

然而，A點的西南方是俄軍的前進路線，戰車或裝甲車絡繹不絕。假如從那裡進攻，有可能被戰車從背後攻擊。他不認為那些人會冒這個險。

那麼會是北上路線嗎？位於C點東北的B據點目前仍屬於解放軍，選擇北上，讓來自B據點的友軍保護背後，自東邊進攻既安全又有效率。

但是，那些人恐怕也不會這麼做。〈諸神黃昏〉小隊是奇襲小隊，自東邊攻過來就失去意義了。

既然如此，答案只有一個。雖然難以置信，但正因為如此對進攻者而言，才會是安全而適於奇襲的路線。不是西南方也不是東方，而是自A據點北方進攻的路線。

這麼做很麻煩。因為只要從C點直接北上，接著往西南移動就能到達A點了。但是A到B之間的區域房屋林立，容易確保奇襲路徑。而且想必誰也沒想到這個可能性——竟然會被人從A點北方，或是西北側展開奇襲。

所以我移動到A點北側視野遼闊的山丘上，在那裡趴下。

不久之後如我所料，以戰車為中心的友軍機動部隊大舉入侵A據點，現場發生激戰。戰況相當激烈，繼續這樣下去友軍應該能拿下A據點。

然而，可怕的就是這種時刻。友軍正在和來自東方與東南方的敵人交戰，絕不可能去注意北側。〈諸神黃昏〉不可能錯過這個破綻。

（來了！）

就在這一刻，我終於發現了敵人的蹤影。在A據點的北側。

我目視到兩個敵人，恐怕是《宵闇之魔術師》以及芭蕾塔小姐。雖然從這邊看不見，但附近或許還有其他小隊成員。

老實講，就算只有《宵闇之魔術師》一人，我與他正面對決能打贏的機會仍然低到負數。但是，《宵闇之魔術師》等人再怎麼厲害，終究跟大家一樣都是凡人。既不能像超人那樣高速移動，也不是刀槍不入的不死之身。

我必須先發制人，無論如何至少得擊斃《宵闇之魔術師》與芭蕾塔小姐。事已至此，只要能爭取時間即可。

我謹慎地把裝有消音器的卡賓步槍槍口朝向他們。我沒有餘裕浪費彈藥，而且時間緊湊。花在準星上的時間只有一秒，我即刻扣下扳機。

我把彈匣裡的一半子彈射進第一人身上，緊接著再把剩下的所有子彈射進第二人身上。成功了。《宵闇之魔術師》終究也只是人類。

彈匣的子彈射光了。我沒時間重新裝彈，也沒時間確認對方的死亡。為了提防應該就在附近的其他敵人，我切換到次要武器。44麥格農。這是威力極高的知名手槍。

我一手握著麥格農跑向《宵闇之魔術師》等人來時的方向。假如有第三個敵人在待機，大概就在這裡了。但是麥格農的射程非常短，萬一第三人從較遠處開火，我就沒勝算了。

找到了。

我潛入小房屋背光處時撞見第三個敵人，雙方立刻發生槍戰。

恐怕是早就在等著我來吧，敵人的反應比我快，立刻就把步槍槍口轉向了我。

我也不服輸地用44麥格農應戰。然而一旦敵人的反應比較快，我的勝算就小了。

即使如此，只有這次我很幸運。44麥格農雖然威力強大，缺點是後座力強而難以運用。然而造成槍口上揚的後座力有時竟喚來了幸運。

我胡亂開槍射出的一發麥格農子彈，湊巧打穿了敵人的腦袋。

敵人再怎麼厲害也敵不過這幸運的一擊。雖然我也被敵人的槍彈打得傷痕累累，但至少還留下一口氣擊倒了敵人。

〈諸神黃昏〉小隊當中，應該有一個人在操縱自走砲才對。這下或許可以暫時癱瘓〈諸神黃昏〉的行動。

然而，我也只能打到這裡了。大概是沒聽漏44麥格農的響亮槍聲吧，第四個敵人突然出現在我的視野當中。看樣子不是〈諸神黃昏〉小隊，是別的敵人。

我的手槍已經沒子彈了，束手無策。

才剛目視敵人〇．一秒我就做好了受死的心理準備。只能一邊等著被處刑一邊用機械性動作替44麥格農填彈。

但是不知為何，死的是敵人。

「咦……」

我一瞬間愣住了。敵人為什麼會忽然斃命？

我知道原因了。一名從房屋暗處現身的友軍士兵，幫我擊殺了敵人。

我正好奇是誰，一看到他——不，看到她的名字，我難掩驚訝。「SHIOIN」。

「咦，祇方院同學？」

她瞥了我一眼後，竟然朝著我的腳邊開始亂開槍。

「嗚哇！」

在戰場上做這種事情當然毫無意義，但我好像了解她的意思。你在拖拖拉拉個什麼勁啊

——大概是想這樣講我吧。

就在這時，杉鹿呼叫我。

「岸嶺，不要亂攻擊，用標記的！友軍有足足三十二個人，把位置告訴大家之後多得是辦

法！」

「說、說得對，知道了！」

我都忘了，我在戰場上並不是孤立無援。只須把敵人的位置告訴友軍，這麼個動作就足以阻止《宵闇之魔術師》的奇襲了。

◆

「被打倒了。」

明明奇襲計畫落空，而且一發都沒能還手就被擊倒，芭蕾塔低喃的聲調卻很平淡。這種冷靜個性也是她的實力基礎之一。

「該死！都繞了那麼大個圈子！那種地方竟然會有敵人，倒楣也要有個限度！」

相較之下，《勝利狂》激動地咒罵。以他來說，這種激昂的情緒才是實力的來源。

（可是，真的是偶然嗎？）

有件事讓權田原很在意。方才把他們三人一網打盡的玩家，名字寫著「KISHIMINE」。

（如果是刻意在那裡堵我們……那就厲害了。）

只有一項證據讓他懷疑那是計畫性行為。名叫「KISHIMINE」的玩家使用的武器附有消音器。

在ＢＦ４很少有玩家會使用消音器。

而且在自己被擊殺之際，權田原看擊殺鏡頭做過確認，「KISHIMINE」採取了埋伏姿勢，就在Ａ地點的北方。必須要預測到敵人會從那裡過來才可能有這種動作。

「權田原，再來你準備打哪裡？」

當ＬＫＫ主義者找他說話時，一方面也是因為正在想事情，他竟然沒發現對方不是用玩家名稱，而是直呼他的本名。

「嗯，這個嘛……」

一旦被擊倒，得等上十秒鐘才能重生。他趁這段時間確認戰局。

他們幾人不但後方擾亂行動失敗，而且可能是敵方派出戰車大軍壓境的關係，北部ＡＢＣ三處據點當中，Ａ點淪陷了。

這麼一來，敵軍的下一個進攻地點八成是Ｂ。這是因為Ａ與Ｂ以東西向的單一道路相連，利於戰車進攻。雖然也不是不能前往Ｃ，但比起Ｂ在進軍上稍嫌費事。站在俄軍的角度想，一定會想維持攻下Ａ點的氣勢直取Ｂ點，確保他們在北部的優勢。

〈諸神黃昏〉不可能選擇待在Ｂ點攔截氣焰正旺的戰車部隊。他們是暗殺小隊，迎擊敵軍不是他們的分內之事。

（這樣一想，我們或許該從Ｃ點往西出擊。）

假如俄軍正在攻打A據點，自C點往西走會是一步壞棋。因為這麼做有可能撞見自俄軍總部前往A據點的敵軍。但是如今敵軍已經占領A點，情況就不同了。敵人的進攻方向只可能是從A進攻B或是C，自俄軍總部前往A點的敵軍人數必然較少。雖然可能也有敵人會從總部攻向中央的C點，但那也得從C點的西南西方向攻來。無論如何C點西側都會成為空白地帶。

「就這麼決定。從C點出擊，移動到西北西方向後北上，從正南方奇襲A點。」

之後就在A點附近找個民宅蹲點，專心暗殺敵人。在這種狀況下，他們完全不需要去占領據點。潛藏於A點附近，不斷獵殺正要前往B或C點的敵人比較有意義。這麼個動作就能守住B與C點，友軍也有可能趁這段時間推進，幫忙奪下A點。去搶據點搞到被敵人發現自己的蹤跡，結果被擊殺反而更糟糕。

最重要的是權田原等人可藉此賺取積分，也能讓解放軍更接近勝利。多達六十四人一起玩多人遊戲，容易陷入混戰。他認為像這樣選定目標才是通往勝利的捷徑。

◆

我屏氣凝神等候良機。

地點在A據點正南方一棟民宅的二樓。因為從至今的行動方式來看，〈諸神黃昏〉小隊如果要攻打過來，我認為只會選在這裡。

我說服自己相信這種想法沒錯，一味地等待。假如等了半天敵人都沒攻打過來就完全是浪費時間，等於讓我軍的三十二人兵力平白減少三十二分之一。與其這麼做是不是應該是攻打其他據點比較好？我不知道這樣捫心自問過多少遍。

但是，我的努力沒有白費。

「……聽得見。」

或許是因為我專心等待，精神極度專注的關係。也或者單純只是因為我沒有動，沒有自己的腳步聲等雜音來干擾的關係。在爆炸聲不絕於耳的嘈雜戰場上，我聽見了。聽見了往這邊靠近的多人腳步聲。

遠離我這邊的腳步聲聽見再多都不奇怪，但如果是靠近過來的腳步聲，其真面目就只可能是敵人。

敵人果然要來搶這個點了。趁現在也許能夠從南面窗戶單方面攻擊他們。

但是我在這裡側耳傾聽，竟然以另一個意想不到的方式收到了成果。我聽見了「嗶──嗶──」的聲響。

「這、這是……！」

錯不了，是動作感應器。這是偵察兵能夠投擲的一種配備，會抓出落地位置半徑二十五公尺以內的移動人體或車輛。

◆

「動作感應器無反應！」

不用等《勝利狂》報告，看雷達便一目了然。

他擲出的動作感應器假如有反應，敵人會立即顯示在雷達上。然而A據點南方並未浮現任何敵蹤。

「LKK主義者，支援砲擊準備好了嗎？」

「當然了，我這邊周圍沒有敵蹤，射程也抓好了。」

上回奇襲被阻止，但不成問題。玩這種類型的遊戲是需要保持戒心，但如果確定安全無虞就該積極而大膽地衝鋒。上次的失敗就把它忘了，這次要再度展開奇襲。

「好，大家就定位，開始清除敵人。芭蕾塔，先鋒就拜託妳了。《勝利狂》在西方戒備周遭情形。」

「收到，交給我吧。」

權田原請《勝利狂》在A據點西南方的荒野準備伏擊。這是要他名符其實地完成身為偵察兵的職責，假如權田原他們被幹掉，還可以請他兼任小隊重生點。

「我們到屋子裡埋伏。」

由芭蕾塔帶頭，權田原進入A據點南側的屋子裡。

雖然已經用動作感應器確認過四下沒有敵人，但動作感應器也不是萬能，有著兩項弱點。

其一是會讓有效範圍內的敵人聽見「嗶——」的音效。不過這種嗶嗶聲在爆炸聲或槍聲不絕於耳的戰場上不太容易聽見。更何況這裡是電玩大賽的會場，混雜在隔壁座位的遊戲聲、主持人的聲音與觀眾的喧譁聲當中，幾乎聽不見聲音。假如有人能夠聽見，那一定是個專注力非凡的人。

另一點是，動作感應器只會對有動作的人或車輛起反應，對定住不動的人不管用。因此假如有士兵聽見「嗶——」的聲響而停下動作，使用者會反遭對方奇襲。

但是暴露在動作感應器的警示音之中卻原地不動，是風險很高的行為。問題在於聽見感應器音效的時候，自己可能已經顯示在對手的雷達上了。被丟感應器的一方沒有辦法知道這點，應該會更想離開原處才是。

（或者是——對，假如有個玩家斷定敵人會過來，動都不動的話就另當別論了。）

◆

我沒有動。不，是不能動。動作感應器還在發出警示音。我沒有移動分毫，因此對方那邊的雷達應該看不到我。但是，接下來我只要為了發動攻勢而稍微一動，就會穿幫了。

換言之，如今我除了繼續在這裡等待之外別無他法。要等到敵人上到二樓來，我才終於能夠發動攻擊。

不過，我確定計畫會成功。假設敵人從C點取道偏西路徑前來攻打A點，他們極有可能會來到位於A據點正南方的這棟民宅的二樓。這棟民宅就是如此利於攻打A據點。

再說，敵人已經使用了動作感應器。那種小道具，有時候用了反而會讓人大意。因為會讓人誤以為這裡不太可能有敵人。我全神貫注，等著想必就在附近的敵人靠過來。

「來了！」

從前方傳來的腳步聲產生了變化。踩踏泥土地的聲響，變成了踩踏木頭地板的聲響。已經來到正下方了，而且不只一人。

如今我唯一能做的就是等待。既然已經來到這裡，敵人必定會上來二樓。

我埋伏在二樓南側，準備對付來自南側的敵人。敵人進來之後，為了戒備A據點方向的攻擊，應該會靠近北面窗戶。再說他們使用了動作感應器，應該不會認為這裡有敵人。

換言之，來到二樓的敵人很有可能背對我。那一刻就是我的攻擊機會。

果然如我所料，上到二樓來的敵人靠到了北面窗戶旁邊。但問題是敵人不只一人，第二個人很快就要上來了。

計畫有變，我打算趁第二人爬樓梯上來時從背後靠近對方。一旦開槍，即使裝了消音器還是有可能被發現。所以我要用小刀。雖然動作感應器還在鳴響，但只要不跑步應該就不會穿幫。

◆

「什麼！」

權田原的遊戲畫面出現了奇妙的變化。首先他明明沒做任何操作，鏡頭卻冷不防地硬是被轉向後方。只見那裡有個敵兵，拿著小刀直刺過來。

是繞背近戰擊殺。而且敵兵的名字是「KISHIMINE」。

「芭蕾塔，後方有敵人，我中刀了！」

「咦！」

芭蕾塔的反射速度與槍法不輸權田原。如果是一般對手，發生槍戰絕對不會輸。

但對手在背後就沒轍了。她也被「KISHIMINE」開槍打死了。

「那種地方竟然有敵人……！難道他就一直躲在那裡嗎……！」

「看來是這樣，不愧是《靈魂轉生者》。《勝利狂》，加強戒備，在我們重生之前你可不能死！」

「交給我吧，放心，我躲得很好！」

雖然他們被擊殺了，但只要《勝利狂》就在附近藏身，還是有辦法持續攻擊A據點。況且他們這邊還有ＬＫＫ主義者的支援砲擊。

（不過《靈魂轉生者》，這下子你有點惹惱我了……！）

移動了大半天卻什麼作為都沒有就被擊殺，這已經是第二次了。而且繞背小刀擊殺，對ＦＰＳ玩家來說是奇恥大辱。特別是ＢＦ４在遭到小刀擊殺時，自己的狗牌會被奪走。雖然對遊戲毫無影響，但感覺就像自己身體的一部分被當成戰利品奪走，令人非常不愉快。

不過，這下就知道敵人的位置了。只要知道這點，憑自己的技巧多得是辦法應付。

◆

「呼。」

看來我姑且成功除掉了《宵闇之魔術師》與芭蕾塔小姐。但是還不能放心。

〈諸神黃昏〉小隊最少應該是三人一起行動。這樣的話應該還有一個人在。我猜那人八成沒進屋，而是躲在外面的某處戒備周遭情形兼作小隊重生點。

假如是這樣，他會在哪裡？不太可能在比A點更北方的地點。那樣移動上太費時，也可能被人看見。我不認為奇襲部隊會冒那種風險。

這麼一來，從我所在的這棟房屋看出去，應該是在南方、西南方或是東南方。

首先是東南方。這個ＡＣ兩點直線相連的位置，是我軍士兵隨時可能經過的危險地帶，我不認為會有士兵在那裡待機擔任小隊重生點。

南方──那是敵人來時的方向，似乎有可能。

那個地點我軍士兵目前沒有理由靠近，作為小隊重生點是最佳位置。

但是在沒有半個敵人靠近的位置擔任小隊重生點，簡言之就是無所事事地待在原位。他們會做這麼缺乏效率的事嗎？〈諸神黃昏〉小隊的每個隊員都是老手。勒斯特小姐才剛告訴過我，老手最喜歡的就是效率二字。

「那……就是西南方了。」

A據點的西南方。我感覺那裡似乎最合乎效率。作為小隊重生的出口可確保安全，往西走一點又有公路，整天有俄軍的戰車或裝甲車經過。換言之只要不亂開槍，就能長時間偵察敵人

的動向。

我靠在南面窗戶旁，緊盯西南方向。

就這樣經過了漫長的一段時間。不，實際上應該只過了大概十秒，但在我來說卻很漫長。

突然間，我看到西南方的山丘上冒出了敵人。

「找到了……！」

敵人要來，果然只能從那裡。我當然該開槍，但我的武器是附消音器的卡賓步槍，對射擊遠處敵人不太有自信。

不過，我知道該怎麼因應。我不行，找同伴幫忙就好。

「A據點西南方出現敵人，可能有三個！我標記了，請提供支援！」

◆

「戰車正在接近！來自西方！」

「妳說什麼！」

聽到芭蕾塔的報告，才剛從《勝利狂》小隊重生的權田原啞口無言。

如果是在障礙物較多的村落還有辦法應戰，但步兵在平原上碰到戰車，能做的事情只剩兩個。

一個是祈禱對方戰車開得很爛，拔腿就跑。不然就是做好捐軀的決心，不斷使用反戰車武器盡量給對手造成傷害。

只是後者的戰術，前提是附近要有後續援軍。目前連A據點都還沒搶下，這麼做沒有意義。

「散開，大家想辦法逃命！」

只要有一個人活下來就能再次進行小隊重生。芭蕾塔往正北方跑，權田原往東北，《勝利狂》則逃往南方；大家默契十足地四散逃逸。

沒事先商量過就能瞬間理解隊友的想法往不同方向移動，顯示出〈諸神黃昏〉隊的優秀能力。但這不代表行動一定能成功。

首先是芭蕾塔被戰車的主砲炸飛。

接著是權田原被戰車機槍掃射，然後被躲在二樓的敵人開槍射殺。

本以為只有逃往南邊的《勝利狂》逃出生天，沒想到……

「我被狙擊了！該死，這個叫『SUGISHIKA』的傢伙有一套！」

「《淘氣小妖精》……！」

在平原被她盯上就完了。

「喂，從剛才到現在，行動一直被一個叫『KISHIMINE』的傢伙猜中！B據點也淪陷了！」

ＬＫＫ主義者激動地大叫。

坦白講，還真是奇恥大辱。他不會說《靈魂轉生者》是新手，但電玩資歷尚淺。結果他們卻被這樣的他猜中行動，不但完全伏擊成功，甚至還被小刀擊殺。

權田原等人整個小隊本來就一直在進行祕密行動。提供支援砲擊的ＬＫＫ主義者姑且不論，其餘三人並未加入戰線或駕駛載具，而是不斷地到處移動。假如像這樣沒對友軍做出貢獻就被打敗，就等於解放軍有十分之一的戰力閒置不用。難怪Ｂ據點會淪陷。

「我知道，看來我們被他看扁了。」

權田原重新戴好墨鏡。

他知道自己變得有點激動。同時也覺得有趣，玩遊戲就該像這樣。

「不過這下就知道敵人的行動原則了，他的所有動作都只是為了阻止我們的行動。只要明白這點就有我們行動的辦法。我們再次去攻下Ａ據點吧。」

《靈魂轉生者》是很賣力，但權田原得教教他，惹火高手玩家會有什麼後果。

◆

趕來的戰車由瀨名老師操縱，社長擔任機槍手。

「謝謝，多虧有你們，我們成功清除敵人了！」

「不用道謝，是你的標記做得好。這樣看來或許真的可行。」

社長看起來很高興。我也很高興能幫上社長的忙。

「可是，我想對方已經看出我的行動是為了對付〈諸神黃昏〉。之前是因為攻其不備才能勉強奏效，但坦白講，我不知道接下來該怎麼行動。」

下次《宵闇之魔術師》也一定會以我潛藏於附近為前提展開行動。這麼一來，我完全沒有自信能在交火時贏過他。

「關於這點，我有個好方法！聽好了，岸嶺同學，這種時候時你要刻意這樣行動——」

瀨名老師的建言，還是一樣超乎我的想像。

「咦……在這種情況下可以這樣做嗎？」

「可以啦！你已經充分給他們難堪了！不管冠軍有多冷靜，火氣也該來了吧！」

「啊……！」

雖然中間夾雜了很多偶然要素，但我的確是擊倒了《宵闇之魔術師》好幾次。被我這種新手擊倒，恐怕讓他氣到爆炸了吧。說不定會氣急敗壞地跑來攻打我所在的A據點周邊。

正面對戰沒有勝算。但是如果在這種狀況下照瀨名老師說的做，會怎麼樣？挺有意思的。

不愧是瀨名老師。

「我明白了，就這麼辦！」

「就這麼辦吧！難得有這機會，我代替你留下一份禮物好了！」

◆

權田原等人繼續以A據點為目標。

儘管AB據點落入了俄軍手裡，但中央的C地點沒事。取得AB據點的敵軍下一個最有可能攻打的地點就是C。

在這種狀況下只要占據A就很容易搶回B，也能從背後襲擊正在攻擊C的敵人。再補充一點，「KISHIMINE」也就是《靈魂轉生者》八成也在A點附近，還可以報仇雪恨。

問題是進攻路線。不能夠像方才那樣，自C點往西走再北上。這是因為如今A據點與敵方總部兩個地點都很有可能派出敵人，走那裡有可能在路上被敵人發現。

「現在應該一直線北上。我們要從C點出去，穿越AB據點中間的地帶。然後從那裡繞到A點北側，發動攻擊。就跟上上次的奇襲路線一樣。」

「原來如此，繞這麼大一圈的確有可能奇襲成功。」

「可是啊，穿越變成敵軍勢力範圍的ＡＢ之間時，你打算怎麼辦？現在ＡＢ已經落入敵軍手裡，敵人的目光或許是會轉向Ｃ，但你怎麼知道不會有敵人從Ａ前往Ｂ？」

「我們這邊有精密的支援砲擊。再配合使用煙霧彈，應對方法多得是吧。」

「說得也是。」

對話還沒結束，權田原等人已經開始移動。總之一旦ＡＢ正式開始攻打Ｃ，就別想從Ｃ北上了。

所幸他們一路沒被敵人發現，北上成功。問題在於橫越連接ＡＢ的公路繞到北方的時候，不過敵軍似乎真沒預料到這場奇襲，沒人攻擊他們。

雖然也有可能不知不覺間已經被敵兵標記了，但他們接著即將穿越建築物的密集地區一路北上。敵兵應該很快就會追丟他們。

他們一路往北直行，接著往西移動。上上次走這條路線進擊時也是中了「KISHIMINE」的招，但這次看起來沒人埋伏。他們做好自北方攻打Ａ據點的準備。

「既然ＡＢ已落入敵軍手裡，這次就不只是清除Ａ點敵人，而是要把占領也列入考量。不過剛才那個『KISHIMINE』很有可能在某處埋伏，清空要做得徹底。」

ＡＢＣ三個點當中，保住兩個據點後，剩下一個敵方據點只要打倒周圍的敵人就好。但是在ＡＢ淪陷、Ｃ點遭受猛攻的目前狀況下，最好盡快攻下Ａ點。為此必須先打倒Ａ點的守軍。

《勝利狂》投擲動作感應器之後，權田原等人散開，進入A據點北側的建築物。《靈魂轉生者》恐怕正躲在某處埋伏。但是，只要以有敵人埋伏為前提戰鬥，他們不會輕易在交火中落敗。就算萬一自己或芭蕾塔被擊倒，能藉此抓出敵人的位置也夠了。

他們仔細搜索第一棟建築物。這時候的重點在於不要太靠近A據點。一旦變成開始占領A據點，有可能會被敵人察覺。

「這棟建築物裡沒人。」

「我這邊也沒找到人。」

芭蕾塔與《勝利狂》向他報告。

「我這邊也沒人……這麼說，難道是在A點南側？」

方才「KISHIMINE」就是躲在那裡。但是照常理來想，沒人會在同一個地點守株待兔。埋伏要構成奇襲才有效果，若是埋伏被對方看穿，效果就減半了。

可是仔細想想，「KISHIMINE」開始玩遊戲也才半年，或許不能再稱為初學者，但經驗尚淺。就算跟初學者一樣，繼續待在一度成功的埋伏點守株待兔也不奇怪。

（那麼，就是這裡了？）

他繞過A據點進入南側的民宅。雖然在多達三十二個敵人當中這樣做非常魯莽，但想到能夠對「KISHIMINE」也就是《靈魂轉生者》復仇就覺得划算。

他強行進入方才「KISHIMINE」潛藏的房屋。在一樓沒找到人，他爬上二樓。他早已把適合敵人埋伏的位置全部摸透，現在敵人要躲只會在二樓。他迅速移動，同時瞄準「KISHIMINE」應該會在的位置。

豈料……

「……啊！」

那裡沒有敵人。取而代之地迎接權田原的，是Ｍ１８闊刀地雷。此種反人員地雷又因為其形狀而被俗稱為「只」。

他急忙想逃走，但瞄準時的移動非常緩慢。地雷爆炸。

「嘖，我被幹掉了！那傢伙本來不是工程兵嗎……！」

能夠設置「只（闊刀地雷）」的只有支援兵與偵察兵。這樣想來，肯定是他的某個隊友猜到權田原會過來，留下了地雷。

完全被看穿了。而且他搜索過所有民宅，但就是沒有敵人的蹤跡。

「喂，這下我看還是趕快去搶下A據點比較好吧？」

「你說得對，真是敗給他們了。」

簡直像是被狐狸迷惑了一樣，不對，感覺就像是被愚弄了。在這A據點附近已經被「KISHIMINE」兩度妨礙了奇襲。本來以為他是察覺到權田原等人的打算，為了加以阻止而單獨行動，不曉得是打消了這個念頭，抑或是誤以為權田原等人會去攻打B據點。

最糟糕的情況是「KISHIMINE」猜到他們會為了出一口氣攻擊自己，於是開溜了。並且放置地雷代替自己，只為了浪費他們的時間。

他們浪費了寶貴時間是事實。如果把尋找不存在的敵人的時間拿去占領A據點，自軍早就一口氣占得優勢了。

「好吧，開始占領A據點。」

三人一齊開始占領據點。A據點轉眼間變成中立狀態。

然而，掃蕩A據點花費了太多時間，現在麻煩找上門來了。占領計量表突然停止上升。豈止如此，俄軍陣營的增加量還漸漸反推回來。

「糟了，被敵人發現了！到處都是敵人！」

「展開迎擊，我們也要適度散開，辦法多得是！」

權田原等人四散至A據點周邊的民宅。如此可以從上方迎擊敵人，況且就算有哪個人被擊殺也能從其他成員進行小隊重生。

「LKK主義者！不需要指示吧！麻煩支援砲擊多來一點！」

「已經在做了！但是情況很不妙，又有一輛新來的戰車往你們那裡去了！」

「什麼！我沒辦法用雷射照射它！現在從窗戶露臉會中槍！」

「聽見沒，芭蕾塔！假如戰車來了，只能我們自己想辦法了。」

「啊，沒辦法。」

芭蕾塔回答的同時，傳來一陣轟然巨響。

「戰車的主砲把我連人帶屋子炸了。」

「嘖，這下糟了。」

無論她的立回與瞄準技術有多優秀，藏身的房屋倒塌了就沒轍了。

既然芭蕾塔已被擊殺，他們遇到戰車等於是束手無策。其間敵兵仍然從四面八方出現。

就算存活到芭蕾塔能夠再次小隊重生，他們也幾乎沒有勝算。權田原當然全力抵抗到最後，但最終仍被擊斃。即使如此，他與《勝利狂》兩個人拿六個敵人血祭只能說果然厲害。

『太驚人了，原本多達五十點的兵力值，差距已經縮小到十！』

『解放軍忽然變得搶不下據點了呢。反倒是俄軍節節推進！這下誰勝誰敗還很難說喔！』

兩位主持人的聲音響徹四下。

他們與會場的觀眾們，恐怕都不知道兵力值的差距怎麼會縮小。征服模式的主要內容是據點爭奪戰，但很難看出檯面下展開了什麼樣的廝殺。

沒有必要謙虛，至今解放軍之所以能順利搶下據點，是因為權田原等人不斷清除敵人，牽制其行動。其他友軍甚至可能會覺得敵軍的抵抗變弱了。只要乘勝追擊衝進據點，就能手到擒

來。

然而在這幾分鐘之間，權田原等人被困住了。假如其他友軍繼續照之前的方式進攻，必定會因為敵軍忽然頑強抵抗而使得銳氣受挫，遭受沉重打擊。兵力值的差距當然會縮小了。

權田原嘆了一口氣。雖說很久沒參加電玩大賽，但是竟然被開始接觸電玩不到半年的對手耍得團團轉，簡直丟盡冠軍的臉。

「抱歉，各位，我似乎有點太怕事了。接下來改為正面進攻吧。」

權田原一邊做說明，一邊換裝備。武器不變，拆掉消音器。除非是想來個潛行擊殺，否則在ＢＦ４用消音器不利於正面交火。

「不用潛行戰術了嗎？之前都打得很順，只是稍微失敗一下就放棄會不會太可惜了？」

《勝利狂》似乎略有微詞。

「你說得對，潛行戰術比較有效。但今天我總覺得友軍的動作很單調。如果能夠在我們成功清除敵人時趁機進攻，其他時候則謹慎圍攻的話就好了，但看樣子沒辦法要求那麼多。」

「因為今天的大賽是採用獲勝團隊全員晉級的方式。有不少隊伍實力根本不夠，是靠運氣進入決賽的。」

芭蕾塔批評得意外嚴厲。

「也就是說就今天的情況而論，潛行戰術失敗時的風險太大了是吧。我了解了。反正我負責的事情應該沒什麼差別。」

「ＬＫＫ主義者，事已至此，你的支援砲擊就變得更重要了，請你努力不要被擊殺。那我們上吧，從這架運輸直升機出擊。」

權田原從運輸直升機重生，接著一躍而下，再次降落戰場。地點在東北方——Ｂ據點偏東邊的位置。

◆

「好，Ｃ據點到手了！」

我逃出Ａ據點之後，直接與社長等人前往Ｃ點，成功奪取據點。

Ａ據點經過一番波折也防衛成功，這下北部的ＡＢＣ據點就全落入了我們俄軍手裡。

「狀況不錯。多虧岸嶺幫我們阻止了〈諸神黃昏〉的行動。」

社長早已恢復到平時的沉著態度。

「沒有啦，我一個人的能力有限。還是得感謝大家抓準機會進攻。」

除此之外，瀨名老師的建議也給得很好。我勉強成功阻止了《宵闇之魔術師》的行動兩次。

但那是因為奇襲成功的關係，坦白講我沒想到第三次可以怎麼做。

於是瀨名老師說了：「那你就開溜吧。」

面對一個被自己激怒，而且不知道能怎麼對付的強敵時該怎麼辦？就是開溜，浪費對手的時間。我從沒聽過如此單純又有效的建議。

「你太謙虛了。我說真的，很高興你能有如此大的進步。」

社長似乎是發自內心這麼想，三言兩語中含藏著強烈的情感。無論如何，能幫上社長的忙我也很高興。

「好了啦，現在不是發表感想的時候吧！機會難得，還不快把南方據點也搶下來！」

至於杉鹿不知道為什麼，好像有點生氣。

◆

權田原等人終於正式開始展開正面突破行動了。

「開始砲擊，8之6，7之4。」

他藉由遠處的敵人蹤影指定座標，讓LKK主義者進行支援砲擊。

至於自己則展開突擊，一發現敵人即刻開槍。瞬間瞄準敵人頭部扣下扳機的技術，不辱冠軍之名。

開槍之後立刻走位，然後打倒被槍聲吸引過來的其他敵人。

當然，一個人對付三十二個敵人能力有限。特別危險的是爆炸物。步兵的手榴彈、支援兵的迫擊砲、工程兵的大口徑火器，以及戰車的主砲。在槍擊暴露自己的位置之後，假如被這些爆炸物連番轟炸，自己絕無勝算。

事實上這時候權田原就被手榴彈扣掉生命值，接著被敵人開火擊殺。

但是，這早就在他的計畫之內。自左右兩邊進攻的芭蕾塔與《勝利狂》各擊殺一名打倒權田原的敵人。死一次能擊倒兩人就划得來了。

等過了十秒後再從芭蕾塔的位置進行小隊重生，一路碾碎敵人。

B據點不可能抵抗得了搭配支援砲擊的猛攻，轉眼間就落入解放軍之手。

「接著是C，跟我來。」

這句話當然只有三名隊友聽見。但是強悍的士兵，自然會有眾多士兵追隨。更何況那個士兵的名字還是「NIGHT.M」。

解放軍由〈諸神黃昏〉小隊帶頭大軍入侵C點，加上C據點民宅較少，能夠獲得準確的支援砲擊，轉眼間就攻陷了。

◆

「連C點都被搶走了！這麼快！」

看著地圖的我，臉色也許已經變得鐵青。

取得B點的敵軍直接轉為攻打C點，就這樣搶下來了。

「這下不妙！敵軍氣勢越來越強了！」

瀨名老師的聲調加重了我的戒心。

「咦，什麼意思？」

「以往解放軍意外地都是正面進攻！但〈諸神黃昏〉的步調被打亂，導致他們進攻的節奏變得紊亂，攻擊行動常常失敗！然而現在正面突破卻大多都能奏效！」

「我懂。我看八成是權田原不玩他那套卑鄙戰術了吧。」

「有可能！好了，諸位！當氣勢強過我軍的敵人攻打過來時，該怎麼應對！」

我們立刻就聽懂了瀨名老師這句話的意思。

在搶攻模式中，敵人大軍入侵時該怎麼辦？就是逃跑。就算被敵人占據一個據點，能趁機占據兩個據點即可。當然專心防衛也是個辦法，但抵擋不了敵方攻勢時的風險太大。

「目前先攻打南方，對吧？」

「沒錯！然後還有一點，我們要繞後攻擊氣勢如虹的敵軍才剛搶下的據點！照這樣看來，敵軍的下一個目標應該是A！既然如此，我們就趁機搶回B！如果敵人又來攻打B，就去搶C！對付暴衝而來的蠻牛只會浪費力氣！」

◆

對岸嶺等人來說只有一件事值得慶幸。那就是有人察覺到岸嶺等人的動向。

此人就是甲斐原女學園的祇方院。祇方院時時都在確認得分板，這當然是為了不在分數上輸給伊豆野宮學園。在多達三十二人的得分一字排開當中，要找出伊豆野宮的四個人統計得分並不容易，但祇方院卯起來做這件事，只因為她一心不願輸給伊豆野宮。

而祇方院做這件事，讓她從得分看出了戰況的變化。

（總覺得敵我雙方的得分增加速度變慢了。）

目前敵軍正在持續猛攻。但是由於多人戰鬥本來就會形成混戰，很少有人會得到特別突出的高分。即使是白痴社長的哥哥《宵闇之魔術師》也一樣。

伊豆野宮那幫人也不例外。只是，他們的擊殺數雖然沒有增加，得分卻一路上升。

她很快就看出了原因，他們都去奪取據點了。而且還避開所有戰況激烈的地點，專心奪取無人占領或是敵人撤出的據點。

（原來如此，這麼做的確比較好。）

與勢如破竹的敵人硬碰硬能不能賺取得分，除了實力之外也得看運氣。相較之下，奪取空無一人的據點簡單得很，占領成功時的得分，還相當於擊殺多個敵人。不愧是伊豆野宮，很冷靜的判斷。而這麼好賺的分數，沒道理只讓他們占盡便宜。

「嗚哇啊啊！敵人來了！敵人殺進A點了～～！快來救我的啦——」

「抱歉沒辦法，敵人的行動越來越有紀律了。理穗、理緒，我們去攻打沒人防守的據點吧。」

「收到。」「那就開這輛吉普車去南方吧。」

雙胞胎姊妹乖乖聽命行事。

「呼哇啊啊！怎麼可以拋下社長離開啦——！」

「妳就在那裡撐著吧。能多撐一秒是一秒，對之後總是有幫助。」

丟下不識戰況的《疾風過境》，祇方院等人展開行動。戰場進入更深的混亂局面。

◆

『該說符合決賽該有的內容嗎？這下戰況更顯混沌不明了——！』

『兩軍剩餘兵力值都不到三十！解放軍二十七，俄軍二十五！解放軍稍稍領先，但之後戰況難以預料！』

「糟糕了，權田原！她說只差二了！」

可能是聽到主持人這麼說就急了，《勝利狂》竟然直呼他的本名。

「不用怕，我們這邊氣勢開始旺了！照這樣展開拉鋸戰，最後還是能贏！」

權田原知道差距縮小的原因。是因為敵方開始分散兵力了。本以為只要己方展開猛攻，敵方為了守住據點也會輸人不輸陣地召集更多士兵到同一個地方，想不到有很多小隊意外地冷靜。分配不到戰力的據點被對方像是闖空門一樣洗劫，導致己方在據點爭奪戰上落敗。

不過，權田原仍然有取勝的計畫。兵力值差距縮小的結果，使得解放軍各小隊也產生危機意識，開始摸索起最好的一步棋。

這麼做的結果，引發了一場大混戰。這是因為原本只會跟著他們跑的其他小隊，開始四處分頭行動了。

這種拉鋸戰打得越激烈，玩家的個人實力就越吃重。這麼一來，解放軍有他們在就絕對不會輸。

權田原看了看地圖。目前北部的據點群，自軍奪得B與C點，敵軍則打下了A點。但敵軍已經來到C點開始交戰，恐怕會被搶下。

「我們去搶A點吧，搶下A點後就鞏固防守。A點是敵人容易殺來的地點，守住那裡應該可以改變整個戰場的局勢。」

「可是啊，如果搶下C點的敵人又來搶B點該怎麼辦！」

「《勝利狂》，麻煩你開戰車過來。你從總部取道B點來到A點，就可以在防衛B點的同時對A點施加壓力。」

「原來如此，是這麼回事啊！」

據點數差距幾乎相同。就算C點被奪，只要趁這時候搶下A點並專心防衛，就能同時對B點的防衛發揮影響力。考慮到兵力值所剩不多，占住AB專心防衛應該可以維持優勢到最後。

「開始占領A點！我來盯緊南方，芭蕾塔，據點就交給妳占領了！」

「收到。我要衝進A點，請提供支援砲擊。」

將占領工作交給芭蕾塔，權田原進入了A點南方的民宅。這麼做除了幫助占領A點，還有另一個目的。

（靜觀其變吧。照他們的個性，搶下C點之後應該會過來吧？）

◆

一方面也是因為戰況不停惡化，我們也漸漸不能只挑敵人不在的據點攻打。

「C點占領完畢！接下來要怎麼做！」

「唔，不妙，敵人來搶A點了！看來是撐不住！」

「那就打B點吧，那裡現在應該比較沒人守。」

但只有這次，我們沒能將社長的提議付諸實行。偵察兵杉鹿呼叫我們了。

「等等！敵方總部派出戰車前往B點！我猜想應該會經過B點前往A點，你們會在B點撞上他！」

「什麼！這下糟了，我的反戰車砲只剩兩發砲彈！雖然地雷還有剩，但也不見得會正好輾過……」

憑我身上的裝備，要把一輛戰車炸成灰綽綽有餘。但社長是突擊兵，瀨名老師則是支援兵。只有我擁有反戰車武器，一個人要打倒戰車太難了。

「那就打A據點，要打的話只有這個選擇！我們陣營的總部也派戰車過來了，應該可行！」

「那麼岸嶺，跟我來！一路跑向A點！」

「收到！」

我們自C點往西北移動，前往A點。

◆

在A據點南側一樓蹲點的權田原，盯著來自C點方向的敵人。

「果然來了！」

人數——不只一人。後面還有第二、第三個人。特別麻煩的是，第三人移動時不斷找建築物當掩護。雖然沒看名字，但他隱約感覺應該是《靈魂轉生者》一行人。這就叫做命運。

雖然是伏擊的好機會，但他現在沒帶消音器，加上距離也有點遠。第一人與第二人應該可以擊殺，但在開火的過程中恐怕會被第三人幹掉。更何況隨便開火，有可能遭到其他敵人擊斃。況且就算能擊倒兩人，不把敵人滅團只會馬上來個小隊重生。

因此，權田原暫且只是把敵人標記起來。這樣就能把對手的位置掌握得一清二楚。

接著他移動到二樓。對付三個人總得有這點好位置。再來只要趁三個敵人靠近到能夠一擊斃命的距離內，再一口氣展開攻勢即可。

◆

這時我忽然想起了一件事。自C點取道西北來到A點，是《宵闇之魔術師》至今走過不只一次的路線。

我實際感受到自己渾身寒毛直豎。不知道為什麼，就是覺得有敵人在附近。

就在這時。

在戰場的噪音當中，我的確聽見了。聽見「叩」的一聲。

「請等一下！我聽到某種聲音……」

我轉向左邊，好讓右耳朝向正面。

又聽見了，是敵人的腳步聲。

「就在那裡！」

我舉起了SRAW，瞄準住家的牆壁。

射出的砲彈轟飛了牆壁。而在崩垮的牆壁後方，冒出了一個敵人。

◆

「這怎麼可能————！」

不管權田原身懷多麼卓越的技巧，被對方連同躲藏的牆壁一併轟飛也只能認了。

雖然勉強沒被一砲炸死，但已經沒有牆壁能藏身了。被炸得傷痕累累的身體，遭到敵人毫不留情追擊而死。

打倒自己的敵人名字顯示在畫面上。

「『KISHIMINE』！果然是命中注定……！」

連對方是如何得知自己的所在位置都不知道。即使是敵人，也只能說厲害。

「都被幹掉了還在講什麼感想啊，權田原！」

「《勝利狂》，拜託你不要習慣性叫我的本名！總之芭蕾塔，A點防衛只能請妳加油了！」

「我盡量，但就我一個人實在有點……！」

「別擔心，我就是料到可能有這種狀況才會請《勝利狂》當援軍！不好意思，可以換我來駕駛嗎？我也是有脾氣的。」

◆

「二樓竟然有敵人……岸嶺，真佩服你能發現。」

社長再次稱讚我，讓我很高興。

「是，我在一剎那間聽見了腳步聲！」

「在這種噪音當中嗎！真佩服你聽得見腳步聲……！」

「我現在才發現，岸嶺這傢伙又出神了。」

「原來如此！看來在《靈魂轉生》（Soul Trance）狀態的高度專注力之下，要聽出腳步聲只是小事一樁！」

岸嶺聽不太懂他們三個在說什麼，但現在不是深究的時候。

「開始占領A點！請掩護我！」

「當心啊！我看八成會有一堆敵人！」

敵軍想必也不想在這種狀況下丟掉任何一個據點。當然會有敵人在了。

但是，攻打A點的不是只有我們。戰火已經點燃，自西方迂迴而來的友軍士兵開始猛烈攻打A點。我們現在只要從南方加入攻擊行列，要奪回據點應該易如反掌。

但就在這時，敵人出現在我們的面前。

「好快！」

那個敵人以快得驚人的速度做出了動作。他首先擊殺來自西方的其他友軍兵士，接著即刻把槍口轉向我。

瞄準技術出神入化。

我有所直覺，知道對方八成是芭蕾塔。過去的恩師可能來擋我的路了。

然而，被射殺的不是我，而是敵人。

有其他友軍掩護了我。

「好了，幫你除掉了！快搶下A點！」

「杉鹿！謝謝妳救了我！」

我深切體會到，沒有什麼比技術高人一等的狙擊手更可怕。因為不管是多會用突擊步槍的名家，都敵不過來自遙遠他方的狙擊。

社長以及其他友軍隨即一起接近A據點，開始占領該處。人數一多，占領的速度也快。

「好，成功讓A點中立了！」

社長發出歡呼。

但就在這時，事情發生了。在我們附近發生了爆炸。

A據點裡的幾名友軍被一併炸飛。

「同學們散開！來自B點的戰車發動攻擊了！」

「不會吧——！」

這裡是戰場，戰車隨時出現都不奇怪。但是，時機糟透了。

「再一下！再過幾秒就能占領A點了！」

「不行，先逃跑再說！」

我被社長強行帶走，躲進A點南側的倒塌廢屋後方。

社長的指示十分正確。有幾名友軍認為再撐一下就能占領A點，猶豫著不知道該不該逃跑，結果轉眼間就被殺光了。

◆

「哈哈哈，那些人像垃圾一樣！」

權田原在《勝利狂》從總部開出來的戰車上小隊重生，接手駕駛的工作。像權田原這種水準的玩家一開起戰車，其威力無可計量。原本待在A據點周邊的五六名俄軍步兵，轉眼間被掃蕩一空。

「開始占領A據點！《勝利狂》，戒備周遭情形！」

「知道了，後方就交給我！」

權田原開著戰車強行闖進A據點。周遭有許多最適合步兵潛藏的民宅，視狀況而定，即使是戰車也有可能遭到圍攻並瞬間被摧毀。然而由權田原操縱主砲、《勝利狂》操作機槍的戰車天下無敵，不給敵人半點攻擊的空檔。

遺憾的是可能還有敵人潛藏於某處，占領量表沒有變化。即使如此，只要能繼續待在這裡

不走，應該也可以維持據點數相同的狀態把敵方兵力值耗盡，藉此贏得勝利。

◆

「嘖，戰車賴著不走！岸嶺，你有沒有什麼好辦法！」

「我也沒轍了，火箭筒只剩一發，再來就只有M2SLAM……！」

小型反戰車地雷M2SLAM威力強大，只要同時設置三個就能炸毀戰車。但它終究就是地雷。如果事前已經設置在地面還另當別論，以目前的狀況來說只能逞威風衝過去扔向戰車。

那輛戰車怎麼看都是由老手駕駛。我不認為對方會給我那麼多時間。

「趕上了！用這個吧！」

就在這時，開著吉普車的杉鹿來到了我們身邊。

「原來如此，都忘了還有這一招！岸嶺同學，坐上吉普車的駕駛座！」

「咦？喔，好的。」

我乖乖跟杉鹿換手，坐上吉普車。

至於下了吉普車的杉鹿，則是做出了奇妙的行動。她開始把某種東西裝到我坐著的吉普車上。

是C４炸藥。

「等一下，妳幹嘛把C４裝在車上！」

「明知故問。好啦岸嶺，GO！」

「GO什麼GO啊！」

「這是不得已的啊，意思就是叫你去當敢死隊啦，不要讓我明講嘛！」

「唉，好啦，我知道了啦！」

我說不過她，只得踩下吉普車的油門。

杉鹿是在叫我發動C４突擊。就是把C４裝在載具上接近敵方戰車，再來只要抓準時機引爆就好，很單純的打法。當然如果沒弄好遭受敵人砲擊，就只能跟C４一起爆炸四散。

話雖如此，在工程兵裝備不夠齊全的狀況下，要對付敵方戰車只有這招了。

「南邊應該被盯得很緊，別怕麻煩，往西邊繞過去！」

「十秒後，我來引開戰車的注意！請你就趁那時候撞上去！」

「收、收到！」

瀨名老師與社長心意已決。我以民宅做掩護，從敵方戰車的南邊移動到西邊。

「好，開始牽制射擊！」

社長從戰車的東南方，用手上的武器開始攻擊。當然，那種攻擊對地表最強軍武不管用。

目的是用槍聲與爆炸聲吸引戰車的注意。

「我要上了！杉鹿，準備引爆！」

「OK，你可別撞偏了喔！」

我打算趁著這個破綻，從西邊撞向戰車——

◆

權田原等人駕駛的戰車，受到了槍擊。同時雷達顯示出敵人的蹤影，東南方向兩人。

「東南方向發現兩個步兵！」

《勝利狂》向他報告。

「擺明了是牽制射擊，交給你了。」

未攜帶反戰車武器的步兵，控制砲手座的《勝利狂》一個人去應付綽綽有餘。

在這個狀況下權田原必須戒備的，是戰車與C4。

（自東南方展開牽制射擊，就表示真正的攻擊——是西邊吧？）

東側是自軍的勢力範圍，而載具不會出現在比這裡更北的位置。由此推論，答案只有一個。

他把東南方的士兵交給《勝利狂》處理，緊盯西方不放。

「看，來了吧！」

他以肉眼看見從西側急速接近的吉普車。可以清楚地看出車上裝了C４。

權田原甚至巴不得開車的是「KISHIMINE」。今天已經吃了他太多次癟，權田原希望最後可以賞他一砲，把這筆帳討回來。

◆

「啊啊！」

就在我準備衝鋒撞向戰車的那一刻。

我不幸看見了。戰車的主砲，一直是對準著西側。

大概是看到我了吧，主砲像是緊跟著我似的轉動過來。

我急忙打方向盤。現在就算正面衝過去，也只會變成砲灰。

我在一秒鐘之內思考下個計畫。既然已經穿幫，C４突擊不太可能成功。一旦這招被破解，其餘能摧毀戰車的手段更是有限。

「好吧，既然這樣，就跟你拚了！」

我油門踩到底，衝進被打壞的民宅。吉普車重重地往上跳，與其說是跳躍不如說成衝撞更

貼切。吉普車肯定會翻車，無法繼續行駛。

那也無所謂，反正我的目的是接近戰車。

◆

敵人的吉普車，飛上了高空。

「原來如此，來這招是吧……！」

權田原對敵方車手感到既欽佩又讚嘆。若是在平緩的山丘上跳躍也就算了，用崩塌的民宅當跳板玩飛車特技，一個弄不好別說高高跳起，可能只會變成撞車事故自尋死路。

然而，吉普車漂亮地飛上了半空。然後順勢翻了一圈飛向這邊。

再來只要設置了Ｃ４的某某人按下引爆按鈕，權田原等人就會被炸死。然而，這次只能怪他們棋逢敵手。儘管戰車的主砲動作遲鈍，但憑著權田原的技術，要瞄準自空中飛來的吉普車易如反掌。

然而，就在這時。

有個人跳下了吉普車。

「什麼！」

權田原不由得遲疑了一下。飛來的吉普車，與跳車的某人。他無法同時砲轟兩個目標。

「唔！」

眼下最危險的無疑是吉普車。權田原迫不得已，砲火轟炸吉普車。大概是引爆了C４吧，砲火引發巨大爆炸。但權田原駕駛的戰車毫髮無傷。

「那傢伙在哪！」

他沒看見跳車的敵人。擊殺紀錄也沒放出訊息。這就表示剛才那場爆炸沒殺死他。

「到、到哪裡去了！」

完全追丟了。一旦被步兵湊近，戰車便只能坐以待斃。也許只要全速退往後方就能脫險，但現在正在打A據點的爭奪戰。現在要是A據點被敵軍奪走，有可能導致自軍敗北。

◆

自從我知道敵方戰車已經發現我駕駛吉普車靠近，吉普車對我而言就成了誘餌。

我以崩垮的民宅當跳台開吉普車高高彈跳，接著立刻跳下吉普車。一如我所料，吉普車被戰車的砲火炸毀。我雖然也被爆炸餘波嚴重炸傷，但勉強活了下來。

不只如此，可能是爆炸成了障眼法吧。我成功湊近戰車。

「成功了！再來只要——」

我從背包裡拿出可攜式反戰車地雷（M2SLAM），用丟的讓它黏在戰車上。一個，再一個。

◆

權田原終於發現了敵兵，竭盡全力大叫：

「危險！被敵方步兵抓住了！右前方！」

「你說什麼！」

雖然很不願意後退，但這樣下去只會白白被幹掉。戰車拚命後退，在勉強試著拉開距離的同時獲得射角。

◆

可能是察覺到我的存在了，戰車一邊將砲塔轉向我一邊開始急速後退。

但是，太遲了。我丟出第三個地雷，把它緊緊貼在車身後，換持另一種武器——餘彈僅剩一發的線控型反戰車武器，FGM-172SRAW。

「嘿嘿。」

我覺得有點好笑。敵人已經無路可逃了。雖然我也一樣。

即使如此，如果能靠這一記攻擊得勝，這條命就拿去吧。我對準戰車射出了最後一發火箭筒。一發SRAW不足以擊毀戰車，但如果引爆三枚地雷就另當別論了。

巨大爆炸同時吞沒了我與戰車。

然後就跟平常一樣。

我失去了意識。

2

「啊。」「啊。」

天道與杉鹿，看見岸嶺的身體搖晃了一下。他就這麼像斷線的人偶一樣，身體慢慢地向後倒。

天道急忙伸出右手，杉鹿則伸出左手想扶住岸嶺。之所以沒能伸出雙手，是因為正在玩遊戲不能放開手把。

岸嶺雖然比較瘦，但畢竟是男生。兩個女生各用一隻手不可能撐得住他的身體。

即使如此，假如今天有發生唯一一次奇蹟，那就是這一刻了。不知是火災現場的蠻力，還是隊友之間的情誼使然，總之兩名纖瘦女生的手臂，總算是勉強撐住了岸嶺的身體。

「嗚，好重……」

「啊——煩耶！每次都一定要昏倒才滿意是吧！」

「哈哈哈！已經是例行公事了呢！」

「老師你也別說風涼話，快來幫忙啦！這樣我們不能用手把！」

杉鹿永遠不會忘記擔心遊戲的事。

「這有什麼，沒什麼好在乎的！勝負都已經揭曉啦！」

瀨名老師說得對。

『哎呀！解放軍的兵力值終於歸零了！』

『比賽結束！俄軍隊獲勝！』

會場情緒沸騰到最高點。特別是兩側同為俄軍的對戰機台發出了盛大的歡呼。

這是可想而知的結果。盤據於A據點的兩名士兵駕駛的敵軍戰車，被岸嶺摧毀了。這個壯舉不但讓敵方兵力值減2，還成功奪取了A據點。

就在這一刻，他們占據的據點多過了敵軍。只要再過一小段時間，就確定由俄軍獲勝。當然俄軍的兵力值這時也所剩不多。假如解放軍的士兵們在這數秒之間展開猛攻的話狀況或許還會生變，但俄軍的其他隊友想必也懂這個道理，成功撐到了最後一刻。

「噢，我們贏啦？不過也是啦，畢竟有我們在嘛。」

「是嗎？那就讓他繼續睡吧。」

天道放下手把後，把岸嶺的頭放在自己的大腿上以免撞傷。

「喂，妳怎麼讓他睡妳大腿啊！讓他睡地板不就得了！」

「別這麼說嘛，要是撞到頭豈不是糟了？」

天道重新注視岸嶺近在眼前的睡臉。

認識這個男生才五個月。在這電玩大國日本，他卻是個沒打過電動的超級大外行。

而在今天，他證明自己已經成長到能讓前任冠軍大吃一驚。

（你真的遵守了與我的約定。）

我來制住〈諸神黃昏〉——岸嶺這麼說了，而且也漂亮地做到了。甚至讓她感到不可思議，不知道他是在什麼時候成長了這麼多。

這下在暑假期間留下實際成績的目的也達成了。可以確定的是，現代遊戲社今後不用再擔心被廢社。這是整個團隊的勝利沒錯，但這次岸嶺的確貢獻匪淺。

（改天得找個方式向他道謝才行。）

話雖如此，她不太清楚該做什麼才能讓岸嶺開心。

（不，等等。該不會是……我的照片吧！）

天道想起岸嶺以前曾經持有自己的泳裝照，不知怎地感覺到自己的臉在發燙。

就在這時，她發現氣氛因贏家出爐而沸騰至頂點的會場中，有人往這邊走來。

「呵呵呵，本來以為這次同隊分不出勝負，但看來是我們甲斐原贏了！從小隊積分而論！」

「哈哈哈——！這下《刺客教條》那筆帳就討回來啦——！」

贏了比賽之後沒去數，不過看來以小隊總分而論是輸給了甲斐原。但今天她不在乎，因為贏得比賽這個目的已經達成了。

「咦，這傢伙怎麼躺著啊？」

「沒什麼，好像是耗盡精力了。這種事常有，別在意。」

自己泛紅的臉搞不好被人家看見了。天道輕拍幾下岸嶺的臉頰，以掩飾害羞的神情。

「好了岸嶺，該起來了。那些需要人陪的麻煩傢伙來了。」

「嗯……咦？啊，對、對不起！我又——」

◆

「輸了啊。」

至於《宵闇之魔術師》權田原，則是邊嘆氣邊放下手把。

雖然很久沒參加電玩大賽，但自己的操作本領並未失常。特別是決賽開場階段，解放軍也因為他們的表現而得以大幅領先。

然而每到重要關頭，那個敵人卻頻頻出現阻撓他們。而且是個開始接觸遊戲好像才幾個月的新人。

坦白講，權田原不是沒想過他有可能來擋自己的路。正因為如此，權田原才會特地給那個新人取了名號叫《靈魂轉生者》，又介紹電競選手跟他認識，不止一次幫他的忙。

（有意思，竟然在短期間內成長這麼多。對戰就是要這樣才好玩。）

他很想用這種想法開導自己，但事實上他還滿不甘心的。不是槍法不如人而是輸在立回等解讀彼此的戰術上，更是讓他不甘心。

然而，技術上還不成熟的《靈魂轉生者》想贏過他，就只能靠解讀戰術。《靈魂轉生者》想必也很了解這一點，才會抱持著半賭一把的決心向他挑戰。

（既然如此，下次我不會輸的。）

從此以後他不會再把《靈魂轉生者》當成新手，下次將會視對方為與自己同等的高手。這麼一來，權田原便有自信能以技術差距令他甘拜下風。

「這是怎樣————！搞半天竟然打輸了！」

《勝利狂》扯著頭髮大叫。

「真不好意思。如果就我們四個打團體戰的話還好，六十四人的集團戰就不是事事都能照計畫來了。」

「是啊是啊，哎，沒關係啦。至少面子應該保住了吧？」

與《勝利狂》正好相反，ＬＫＫ主義者冷靜得很。他用拇指指向舞台，就像在說：「稍安勿躁，聽就對了。」

『現在發表所有隊伍當中得分最高的ＭＶＰ隊伍！那麼伊佐美，麻煩妳了！』

『好的！ＭＶＰ是四人一共打下了高達一萬多分的〈諸神黃昏〉隊！順便一提，最優秀選手是同樣屬於〈諸神黃昏〉隊的ＬＫＫ主義者選手！』

『他的表現太驚人了。從開場階段搶到自走砲，之後就連連展現精準無比的砲擊技巧。』

「看吧，這樣基本上就跟拿冠軍一樣了。〈諸神黃昏〉隊初次參加ＪＧＢＣ雖然錯失了冠軍寶座，但獲得了ＭＶＰ也不失面子吧？」

「好吧，初次參賽就忽然奪冠或許是太誇張了。是說你拿第一當然覺得無所謂啦……」

ＬＫＫ主義者的發言，似乎讓《勝利狂》姑且服氣了。

「芭蕾塔，我也要跟妳道個歉。特地請妳加入隊伍，卻沒能第一次參賽就奪冠。」

「不會，都說勝敗乃玩家常事，這是不能強求的。」

玩家資歷較長果然不是蓋的，看來她在這方面很看得開，沒責怪他。

「不過別看我這樣，我其實還滿不服輸的。下次，一定要拿冠軍。」

看到她嚴肅得令人意外的神情，權田原自然流露出笑容。

沒錯。身為玩家，沒有人能輸了對戰還毫不在乎。

為了調適自身心態，權田原重新戴好墨鏡。

「嗯，我有同感。下次我們絕不會輸，無論對手是誰都一樣。」

權田原只剩下獲勝一途了，他已經做好遞辭呈的準備。再來就看自己是成為電競選手，還是變成無業遊民了。

待續

PICK UP GAME
這是小說裡採用的遊戲。
絕對要給我玩！

《戰地風雲 4》

發行商 美商藝電 **主機平台** Windows、Xbox 360、Xbox One、PS3、PS4 **類型** FPS

有別於既有的其他遊戲，在《戰地風雲 4》不只可以走在大樓四周，還可以穿越建築物內部，或是從噴射機跳機時在空中擊斃敵人。化身為馳騁戰場的玩家，親手奪得榮耀吧！

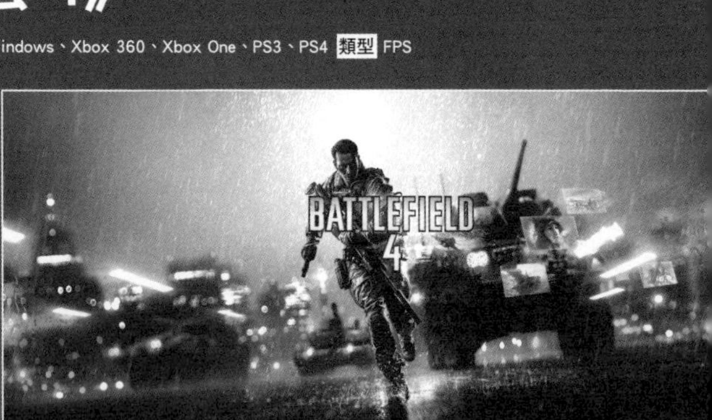
BATTLEFIELD 4

馳騁於戰場，

開拓通往勝利的道路！

下載擴充包讓遊戲更有趣！

《戰地風雲 4》已推出多種擴充包，除了追加更多地圖，還有武器、配備與道具等各種內容！詳情請參照官方網站等各大媒體！

後記

大家都知道，有一種遊戲類別叫做ＦＰＳ。儘管從整個電玩領域來看屬於比較年輕的類別（說是這樣說，其實據說早在一九九〇年代就成形了），如今在電玩業界卻已有著舉足輕重的地位，就像日本過去的ＲＰＧ遊戲，世界各地定期耗資數億日圓推出大作。

實際上玩過ＦＰＳ就能了解這種現象的原因。以遊戲玩法來說，基本上就是把敵人放在畫面正中央開槍而已。但如同我在作品當中提到的，擊殺敵人之前的過程非常豐富多彩，只要學過幾招立回，新手也常常能贏過高手玩家。而且不只對戰有趣，ＦＰＳ正如其名是第一人稱視角遊戲，所以玩家能臨場感十足地體驗上戰場的士兵視角。

特別是加入了載具以及小隊等要素的《戰地風雲》系列，在ＦＰＳ類別當中更是極具存在感。自從筆者開始創作本系列以來，就一直很想找機會以ＢＦ系列作為主題。

然而販賣《戰地風雲》系列的美商藝電總公司在海外，要申請使用許可並不是件簡單的事。幸虧有電擊文庫編輯部、電擊ゲームメディア編輯部以及美商藝電日本分公司的各位人士鼎力相助，才能讓本書付梓。儘管是老生常談了，容我借用這裡的版面，先向各位相關人士致謝。

此外，關於以ＢＦ４作為題材，感謝ＢＦ系列的資深玩家，在 niconico 動畫作為遊戲實況主極富盛名的 DustelBox 先生提供各種建言並擔任監修。感謝您百忙之中抽空提供許多寶貴建議，對筆者大有助益。

聊個題外話，DustelBox 先生隸屬的〈チーム BYCM〉公布將在今年加入〈DetonatioN〉隊，成為〈DetonatioN BYCM〉隊開始參加比賽。簡而言之就是日本ＦＰＳ業界睽違多年又有電競選手誕生了，今後的活躍表現值得期待。

儘管這篇文章變得越來越像謝詞單元而不是後記，但謝詞還沒結束。首先是ＥＰ．１〈奮鬥吧！遊戲測試員〉。我想很多讀者或許已經發現了，這個副標題其實正是參考了電擊文庫的名作《奮鬥吧！系統工程師》系列。感謝同系列作者夏海公司老師在筆者提出「可以讓我向這個系列名稱致敬嗎？」時爽快答應。

順便一提，ＥＰ．１是筆者根據自己在某電玩公司打工擔任程式測試員的經驗改編而成。換句話說，幾乎都是真實事件。不過那已經是十幾年前的事了。

當然遊戲名稱等許多部分都用了假名，但像是「亂按各種按鈕的同時開始連線對戰，結果導致同步失敗」等部分則是真實事件。如果各位讀者當中有人今後參與遊戲程式測試的工作，我想這篇內容可以作為滿大的參考。還有像是找到程式錯誤就興高采烈地去報告會被罵，或是錯誤報告寫得太抽象會被罵等等，我想即使在十年後的現在還是一樣適用。

說到真實事件，作品中登場的「請打穿4號」也是真實存在的影片。有興趣的讀者可以在niconico動畫用關鍵字搜尋看看。先讀過本書的解說再去看那個影片，我想即使是沒玩過這款遊戲的人，也會看得滿過癮的。

回到正題，抱歉一直寫到現在都是謝詞，不過筆者也藉此重新體會到向真人真事取材寫一本書時，這種狀況是很容易發生的。還請各位讀者包涵。

那麼接著進入告知的部分。

首先是關於續集。《我與她的遊戲戰爭8》預定將在明年春季發售。比起本系列剛開始的時候，電玩業界——應該說遊戲類別的流行趨勢起了很大的變化，下一集除了岸嶺同學等人之間的關係之外，筆者也想稍微提及這個部分。（前提是要能申請到許可……）

再來，筆者目前其實正在準備一個新系列。

筆者在十幾年前，曾經寫過名叫《タクティカル・ジャッジメント》的系列，內容是「在刑事法庭上卯起來喊抗議想讓被告獲判無罪的律師的故事」。沒錯，講得簡單點就是《逆轉裁判》。

當時全系列加起來總共出了十三集，所以筆者本來不打算再寫司法類的東西，但過了十年又開始產生想寫法庭小說的衝動，目前正在努力動筆中。儘管還不到能公布具體發售時期的階段，希望讀者有時間可以到部落格或推特關注新消息。

再來是電擊 PlayStation 雜誌方面，筆者一樣還是在隔號連載「名前のないゲームコラム」專欄。一方面也是因為可以拿專欄當藉口向電玩業界的各種專業領域人士取材，筆者個人非常喜歡這份工作。每次寫原稿也都投注了大量心力，請各位有機會的話務必一讀。

那麼，衷心期盼今後還有機會能與各位相會。

師走トオル

Twitter:@SiwasuToru

http://december.sblo.jp/

《戰地風雲 4》

https://www.ea.com/zh-tw/games/battlefield/battlefield-4

發行商：美商藝電

記憶縫線YOUR FORMA 1 待續

Kadokawa Fantastic Novels

.作者：菊石まれほ　插畫：野崎つばた

潛入腦內紀錄，解決重大案件，
稀世互補搭檔對抗危害世界的電子犯罪！

腦部用縫線〈YOUR FORMA〉進化為日常生活不可或缺的資訊終端機，記錄著視覺、聽覺，甚至情緒。電索官埃緹卡的工作便是潛入這些紀錄，搜索案件的蛛絲馬跡。她的新搭檔是人形機器人〈阿米客思〉，然而她因為過去的心靈創傷而嫌棄阿米客思──

NT$220/HK$73

除了我之外，你不准和別人上演愛情喜劇 1 待續

Kadokawa Fantastic Novels

作者：羽場楽人　插畫：イコモチ

戀愛不公開真的OK嗎!?
從情人關係開始的愛情喜劇衝擊性登場!!

不懼對方冷淡的態度持續追求一年後，我終於博得心上人的青睞。她性格好強，戀愛防禦力居然是零，我想曬恩愛的欲求達到了極限！可是，她卻禁止我在眾人面前跟她卿卿我我？而且私底下兩情相悅的我倆，卻出現了情敵……？

NT$200/HK$67